대한창작문예대학 졸업 작품집

우리들의 여백

대한창작문예대학 교수 명단

김락호 교수
-(사)창작문학예술인협의회 이사장
-대한창작문예대학
-시인, 작가

최상근 교수
-대한창작문예대학 학장
-시인
-교육학 박사, 영문학 박사

문철호 교수
-대한창작문예대학
-시인
-문학 박사

설연화 교수
-대한창작문예대학
-시인, 작가

한 걸음 더 나아가는 노력하는 삶을 위해!

꿈을 간직한다는 것은 누구에게나 희망찬 일이다. 꿈이 없는 사람은 무기력하다. 나이와 상관없이 무엇엔가 도전하고 자신의 계발을 위해 시간을 투자할 수 있다는 그것 하나만으로 존경의 대상이 될 수 있다.

문예대학 처음 시작하면서 긴장감도 있었다. 누군가에게 조언해 줘야 한다는 것은 나 혼자만의 글을 쓰는 것과는 다른 이야기다. 글에서 보이는 것 그대로 이야기하면 지도를 받는 사람은 자존심이 상할 수밖에 없다. 나름대로 글에 대한 자부심과 포부를 가지고 계신 분들이고 무엇보다 지도사과징이기에 더욱 조심스러울 수밖에 없다. 또한, 너무 배려한 나머지 꼭 필요한 부분을 지적하지 못한다면 조언을 받는 분들은 아무런 도움도 받지 못한 상태로 수료증을 받을 수밖에 없다. 그 중간쯤 되는 부분에서 순간순간 판단해야 한다는 것이 가장 큰 어려움 중 하나였다. 문예창작 지도자 자격증을 취득하고 누군가를 지도하는 일을 목표에 두고 있는 분이라면 참고해야 할 사항일 것이다.

그러나 마지막 완성된 작품을 대하면서 가슴 밑바닥에서 따뜻한 감성이 흐른다. 우여곡절 끝에 한가지 목표를 완성했다는 자체만으로도 기쁜 일이 아닐 수 없다. 주경야독(晝耕夜讀)의 힘겨움 속에서도 마지막까지 최선을 다하신 문예대학 수강생분들께 존경의 마음을 전해본다.

배우고자 하는 열정, 한 걸음 더 나아가겠다는 노력이 항상 가슴에 남아 있다면 앞으로 좋은 글을 쓰는 것은 물론이고, 후배양성에도 좋은 결과가 있으리라 믿는다.

대한창작문예대학 5기 수강생 여러분의 졸업을 축하합니다.

교수 **설연화**

목차

박순애 시인

박영애 시인

사방천 시인

서수정 시인

목차

정태중 시인

조위제 시인

허남식 시인

허욱도 시인

목차

고현자 시인

시인, 작사가
경기 부천 거주
한국저작권협회 회원
(사)창작문학예술인협의회 정회원
대한문인협회 경기지회 정회원
대한창작문예대학 졸업
문예창작지도자 자격 취득
현) 코리아타임즈 기자
현) 일간 경기신문 문화체육부장
현) 일간 경기신문 연재
현) 주간 신문 시사코리아 연재
현) 플러스코리아타임즈 신문 연재
시집 "가을을 떠도는 여자"
동인지 "시와 빛", "수레바퀴" 4, 5외 다수
음반 "가슴 시린 발라드" 2집 발표

벽시계

고현자

서슬 퍼런 초침
끼니도 잊은 채
자정을 넘어가고 있다

문턱을 넘어온
비릿한 달빛 사이로
들려오는
거친 숨소리

잃어버린 밤
엇갈리는 뼈마디의 비명
나이를 먹지 않는 맥박은
심장 속으로 폭풍처럼 잠적한다

적막이 누운 자리
천국과 지옥을 오가는
빈맥의 공황은
방바닥에 깔린 초침 소리뿐이다

쭉정이

고현자

텅 빈 적막이
방바닥처럼 누워 있다

쳐들어온 햇살
내 앞에 놓인 밥그릇
시들어가는 풍란처럼
생기가 빠져나가
피돌기를 멈춰 버린
빈 껍데기 같은 몸뚱어리

몸 부풀린 허풍으로
뻰지르르하게 분칠하고
무대 위 희극 배우로만 살았다

쉰 중반을 넘어가는 고갯길
채무처럼 웅크리고 있던 서글픔이
혈관을 타고 돌아
쭉정이 같은 삶 위에 쏟아 붓는다

기억의 여백

고현자

어둠을 홀로 걷는다
깨어 있는 이는 나밖에 없다
누덕누덕 기운 마음 자락
초침 같은 발걸음도 무너진다

하늘을 보니
두 손 가득 떠 심었던
별은 초롱거리는데
미완성 테두리만 하얗다

피비린내 나는 철벽에서
사육된 삶
총성 없는 전쟁은
꿈을 통째 삼켜 버렸다

큰 산 같은 눈금
허리춤에 감은 오부 능선
잃어버린 꿈을 찾아
시집 한 권을 펼쳐 든다

쉬는 날

고현자

속살 고스란히 드러낸 창문
걸어 나온 새싹의 냄새
도사리듯 앉아 있던 카메라
신발을 신는다

게으른 눈을 깜박이는
만삭의 먼지 타래
아수라장인 채 방치된 거실
청소기 소리만이 분주하다

안방까지 쳐들어와
봄을 수유하는 햇살
카메라는 쫑긋 나온 셔터를
누르고 말 기세다

아지랑이 가득 찬 한나절
한 발짝도 떼지 못한
보물 1호
애꿎은 계절만 원망하고 있다

진달래

고현자

죽음을 토해
꽃으로 환생한 희열
헐어 버린 능선 굽이굽이
심장이 타오른 활화산이다

깊이 패어 들어간 절규
먹보다 검은 늪 속의 넋
통째 찢어진 화관은
그리움을 섬뜩히도 담았다

두견새 소리 들리는 날
나들이라도 하련마는
지르밟은 붉은 빛은
피 냄새의 비명뿐이다

할퀴고 간 상처의 흔적
덜어낸 그 허전한 자리
빽빽한 비늘 조각은
잠든 초록 간음을 깨운다

쑥부쟁이

고현자

가난한 쑥으로 태어난 긴 꽃대
하늘 덮고 자는 세상
달궈진 아랫목은 언제나
어린 자식들 엉덩이의 꿈나라다

내달리기만 하던 비탈길
온통 배고픈 맥박 소리
세상 바람 다 불어오는 것 같아
뼛속까지 시렸다

사라져 버린 황홀했던 꿈
피 묻은 가난을 쏟아내는 한숨
다 털어 바친 노동의 대가는
눈물 젖은 빵이라는 말을 알게 했다

살점 찢어 곱게 빚어낸 아이들
어쩜 주저앉았을지도 모른다
벌써 보글거리는 저녁 밥상
맛있게도 오물거리는 입이 행복하다

신발

고현자

구도하는 수도승 같은
늘 바닥에 엎드려 낮은 자세
하해와 같은 마음으로
풍파를 겪어 내는 고행이다

창 닳은 한 발 코 터진 한 짝
주름살 숫자만큼 꿰매고 덧 꿰매도
축축하고 음산한 그곳
언제나 묵언 수행 중이다

말라가는 핏줄 굽이굽이
혼자 감당해야 하는 운명
지친 몸 안고 품으며
바닥으로 살아온 희생이다

네 피와 살이 나의 뼈가 된
어미와 새끼처럼
인연과 정으로
나란히 함께 가는 사랑이다

촛불 집회

고현자

달빛에 곱게 내린 정한수
지극정성으로 빌고 또 비는
장독대 소리 없는 통곡
하얗게 태우는 소원이거늘

함께 몸을 태운 연기
무시무시한 칼날을 감아쥔
이기심과 아집
촛불시위가 되었다

차갑고 어두운 늪
몸을 녹여
굽이굽이 가는 길
맑은 물로서 빛을 발하거늘

순수성을 훼손한 폭력
독사의 혓바닥처럼
신랄한 비판
무명(無明) 길을 나선다

역마살

고현자

떨어지는 봄별 뒤에
남국의 냄새가 숨어 있었나 보다
날 세운 바람 떠난 자리에
머라이언 공원이 조용히 누워 버린다

푸르게 펼쳐진 하늘 배경
섬세한 디자인 앤더슨 다리
백수(百獸)의 왕 수사자 동상
물을 뿜어내던 맥박이 그립다

빌딩 숲 불빛이 물에 비친 야경
클락키에서 즐기는 히포크루즈
마리나 베이 샌즈 레이저 쇼
백색의 음성으로 머리끝을 오간다

어둑해진 저녁까지
보리꽃이 만발한 언덕을 보고 있노라니
심장의 요동이 범상치 않다
날 세운 역마살 살점을 뜯어 먹기 시작한다.

중년의 병

고현자

정원 한쪽 초췌한 라일락
계절을 온통 다
털어 마셔 버리고도 헛헛하다

첫사랑의 짧은 순정
봄은 어느새
햇살 모아 푸름을 불러 세웠다

마당 가득한 여백
발걸음 소리도 없이 채워지는
청춘의 흔적들
갱지처럼 쓸쓸히 서 있다

쏟아지던 꽃 빛발
아직도 내 안에 흥건하건만
수분기 죽어가는 비명으로
발자국만을 남기고 가는 봄
우울함에 몸살 앓이를 하고 있다

memo

>> 대한창작문예대학 5기생 기념 촬영

김 단 시인

경북 영주 출생
울산광역시 북구 거주
시인, 수필가
대한문학세계 시 부문, 수필 부문 등단
대한창작문예대학 졸업
문예창작지도자 자격 취득
(사)창작문학예술인협의회/대한문인협회 홍보국장
대한문인협회 부산경남지회 정회원
대한문학세계문예잡지사 기자
뉴스울산 기자
울산광역시 태화강시낭송문학협회 이사
울산 시 노래 예술단 상임이사
태성공업주식회사 노동조합 위원장
울산장애인복지센터운영위원회 운영위원
울산 죽전마을 짚공예가 김제홍 선생 기술 전수자
2015년 현대시를 대표하는 명인명시특선시인선 선정
대한문인협회 부경지회 동인지 "낙동강 갈대바람" 출간
2015년 5월 시집 "심장에 갇힌 노래"

속된 사랑

김 단

재깍재깍
심장이 뛴다.

네 깊숙한 곳을 찾아
하나 되는 너를
맞이할 때
뻐꾸기는 열두 번 울었다.

뜨겁게 달궈진 몸
사랑의 부유물을 남기고
나는 떠난다.

뻐꾸기가 열두 번 울면
너의 깊숙한 곳에
빳빳한 육신을 드리우는 나

절실함은 아픔이 되어
사랑의 여운을 남기고
원형 틀 속에 갇힌 사랑은
더딘 발걸음에 그리움을 얹는다.

자화상

김 단

짜집기한 누더기에
무지(無知)의 검을 들고
전사의 길을 걸었다.

자만의 발 끝에 늘어진
그림자의 비통한 읊조림

빈곤의 울림
두려움의 전율이
온 몸
구석구석
싸늘하게 지나간다.

내 삶에 내가 없고
내 시에 내가 없다.

목마른 바다

김 단

바다가 뛴다.
짙푸른 심장이 뛴다.
철썩이는 심장 소리에
놀란 갈매기 허공을 움켜쥔다.

품에 안고 싶다.
갖고 싶다.
완벽한 내 것은 없다.
파도가 소리칠 때마다
섬은 멀어지고
소유하고픈 열망은
현실에 침식되어
아쉬운 미련만
타는 갈증으로 가슴에 박혀든다.

파도가 철썩인다.
검붉게 타버린 황혼이 들썩인다.
바다에 빠진 그리움
오늘도 기다림에 지쳐
노을빛 바다만 퍼마시고 있다.

동백이 진 자리

김 단

지지리도 가난한 햇살
서슬 퍼런 계절에
희망을 품고 살았다.

추하지 않은 아름다움
불꽃같은 삶을 살았기에
온 몸 가득 행복을 피웠다.

화려함 뒤에 숨겨진 아픔과
붉은 열정을 안고
굵고 짧은 생으로 마감한 자리

화려한 절정은
늘 쓸쓸함으로 진다.

아!
짧디 짧아서
더 아픈
꽃자리의 흔적

어느 여배우를 닮았다.

일곱 살의 공포

김 단

햇살의 따스함마저 숨죽인 날
차가운 몸 녹이던 불꽃은
궁핍하던 삶의 터전을 삼키고
실낱같은 희망도 태워 버렸다.

타올랐다.
활활 거침없이 타올랐다.
외양간에서 시작된 불꽃
미친 듯이 하늘로 치솟아 올랐다.
어둑한 저녁은
아가리를 벌린 불꽃으로 타오르고
소년의 가슴에 시퍼런 두려움을
안겨 주었다.

아버지의 호통이 무서웠다
어머니의 절망 섞인 눈물이 두려웠고
주변의 싸늘한 시선을 감당할 수 없어
십리 밖 할아버지 댁
깊숙한 곳으로 숨어들었다.

절대 악몽이라 믿고 싶은
일곱 살 소년의 공포였다.

꿈도
웃음도
행복의 터마저 삼켜 버린 불꽃 속에
유년은 추억과 함께 사라지고
행복한 삶의 일부마저 소멸되어 버렸다.

끌 수도
지울 수도 없는
유년의 붉은 화염이
아직 내 마음에서 문득문득 악몽으로 타고 있다.

그대의 삶이고 싶습니다

김 단

그대 가슴에 빛이고 싶습니다.
어둠을 품에 안고
슬픈 노래를 부르는 그대 가슴에
한 줄기 빛이고 싶습니다.

더 깊은 어둠에 잠식되어
허우적거리는 삶에
어깨를 내어 준 그대는
나의 푸른 심장이 되었습니다.

가장 짙은 어둠의 시간에도
그대만 생각하는 마음
하얀 지우개처럼 기억이 지워져 갈 때
오랫동안 가슴에 남게 할 수 있는 사랑
상처 난 모습을 바라보기보다
따스하게 보듬어 줄 수 있는 가슴
나는 그대의 삶이고 싶습니다.

푸른 심장에 각인이 되어
숨 쉴 때마다 생각나는 그대의 이름
뜨겁게 끓어오르는 심장에 심지를 꽂아
그대 안에 어둠을 밝히는 불꽃이고 싶습니다.

진달래

김 단

섧다고 울지 마라.
운다고 떠난 사람 돌아오랴
그립다고 슬퍼 마라
만남은 이별을 예감하고
떠남은 망각을 예약하지만
사랑한다고 영원한 것 없고
떠났다고 잊히는 것도 아니다.

돌아올 수 없는 통곡의 바다에
푸른 청춘을 묻고
죽은 심장에 촛불 밝힌 어미도
분통한 마음 청기와에 날려보지만
돌아오는 것은 냉소 아니더냐.

떠났다고 울지 마라
흘린 눈물 떠나는 이 신발에 젖는다.
잊힌다 해도 서러워 마라
못 다한 인연
뜨겁도록 서러운 사월 언덕에
분홍빛 그리움으로 피어난다.

구두

김 단

늙은 구두 하나
패잔병처럼 현관에 널브러져 있다.
닳아버린 뒤축
찢긴 옆구리
소리 없는 전쟁에서 쓸모를 다한
삶의 흔적이 나뒹군다.
쪼그린 그림자
팔 뻗어 연민으로 쓰다듬고 있다.

누군가의 자식으로
가정의 가장으로
사회 구성원으로
지칠 때까지 뛰고 쓰러지고
처진 어깨로 거친 언덕을 오를 때
닳아 해진 구두는
묵묵히 내 삶의 무게를 지고 있었다.

죽은 달팽이 껍질인 양
발길에 채이고 짓밟히고
쓰레기로 천대받으며
인생의 구석지에 쪼그린
천덕꾸러기
죽을힘을 다해 살아 온
늙은 가장의 내일이다.

버려진 노고에 누운
지난 삶의 동행은
처참한 아름다움이었다.

소외된 세상을 찍다

김 단

보이는 것이 전부는 아니다.
눈 밖에 난 어둠을 찾아
넓은 시야를 가진 눈으로
멀리 바라볼 수 있는 눈으로
어둠의 작은 피사체를 바라보는 눈으로
세상을 둘러본다.

보여주는 세상과
보이는 세상의 이질적인 모습에
오늘도 토악질해댄다.

소외된 것들의 고독을 찾아
오늘도 빛의 셔터를 눌러댄다.

보이는 것이 전부는 아니다.
어둠에 빛이 있고
빛 속에 어둠이 존재한다.
세상을 등진 노을처럼
어둠 속에서 한줄기 빛을 찾는다.

찢겨진 교복

김 단

지독한
가난의 굴레에
고향 집이 무너졌다.

보리밥 한 덩이에
교복을 찢어야 했고
쌀 한 줌에
교문에 무릎을 꿇어야 했다.

궁핍한 흔적에 숨어 버린
허기진 책가방은
삭정이에 핀 눈물 꽃 되어
들숨과 날숨마다 궁상으로 피어났다.

심장에 대롱거리는 꿈
가난 위에 앉아
오늘도 교복 주머니에서 고개를 내민다.

memo

>> 김락호 교수 강의

김유경 시인

경남 진주시 거주

대한문학세계 시 부문 등단

대한창작문예대학 졸업

(사)창작문학예술인협의회 정회원

대한문인협회 부산경남지회 정회원

고운 꽃길 지르밟고

김유경

어머니와 함께 걷는 길은
친구처럼 영원할 줄 알았는데
이제 우리 곁을 떠나려 하십니다

서로 지절대며 손 꼭 잡고
벚꽃길에서 설화를 맞이할 줄 알았는데
이제 서서히 떠날 채비를 하십니다

꽃이 지고 다시 피는 것처럼
다시 만날 것을 손가락 걸며 약속하고
어머니는 고운 꽃길 지르밟고 나섭니다

버려진 진달래가

김유경

거실이 화사하다
진분홍 빛 꽃잎이

아침마다 웃음을 전해 주고
그리움을 만들어 준다

우울한 마음에 행복을
전해주는 진달래 꽃이다

길가에 버려진 꽃송이
거실에 옮겨 놓았더니

나에게 화려한 봄을
선물하고 푸른 초목으로
마음의 청춘을 선물한다

어머니의 간절함

김유경

어머니의 간절함
촛불을 환히 밝히시던
그때 그 모습이 선하다

무슨 뜻으로 정성을
간절하게 모우시던지
세월이 흐른 후에 알았네

가정의 행복과 자식의
건강을 모아 정성 드린 촛불
그 정성을 어디에 비유하리

당당히 살아가는 우리의 모습
촛불에 정성 드린 엄마의 정성
그 정성이 메아리쳐 돌아왔네

해바라기 인생

김유경

해를 보며 하루는 시작되고
해바라기 인생 나를 찾는다

떠오르는 정열의 붉은 태양은
한순간 나를 매혹 시켜 버리고

너의 알싸한 진한 향기에
해바라기 길게 목을 내민다

아침에 떴다 황혼에 지는 너
바라봄이 찬란하고 매혹적이다

해바라기 인생 정열적인 삶을
오늘도 너를 찾아 나는 맴돈다

살아온 흔적

김유경

인생의 흔적이라
왔다 가는 나날속에
한 폭의 수채화일까

널브러진 세월속에
주섬 주섬 담을 수 있는 것은
세월속에 빛바래진 사진일까

흔적이란 묘한 나날들
연고 없이 떠남이란 너무나
아쉽고 허망한 인생길이다

자화상

김유경

내가 님을 보는 것은
우물에 비친 아린 너를 보는 것
줠듯 말듯한 너의 모습에

머리를 흔드니 욕망이 샘솟는다
님이 나이고 내가 님이었기에
너와 내가 그리워야 어우러지고

얼마나 아프고 쓰린 이별이기에
님에게 한치의 짐 지우기 싫어…
나는 님을 위해 머나먼 길을 떠난다

이른 기도

김유경

캄캄한 긴 밤이
희끗한 새벽녘을 지나

움트는 푸름에 눈길 주고
우리의 사랑도 기약없이

절절한 마음 놓아 봅니다
아직도 동행의 미련있어

아침 기도에 나를 던진다
너와 나의 동행을 띄우며

고향길

김유경

저 멀리 고향길에
푸른 풀 돋아나고

저 하늘 달빛 아래
반짝이는 별들아

임 향한 내 마음은
사그라져 가건만은

동강난 고향길에
까치만 서글퍼라

새벽달 바라보며
한숨짓는 한 여인아

부모 형제 떠나 버린
고향길만 회상하네

여백

김유경

여우에게 홀린 듯
처음 본 순간인데

사랑은 가슴에 물들어
이 마음을 흔들어 대던

아리도록 사무쳐 온
풀 꽃처럼 스며든 정

가슴앓이 하던 마음이
빈 공간 사랑의 여백인가

얼마쯤일까, 어디쯤일까
우리의 여백의 끝자락은…

새콤 알싸한 여자

김유경

새콤 달콤한 여자
오늘도 잘난 체 혼선을 뜬다

주섬 주섬 걸치는 행복 주머니
감사패 웃음패 가슴에 매달고

허허로이 거리를 행진한다
세상에서 무지 행복한 여자

돈 걱정 사랑 걱정 다 털어 버리고
인생 이막길은 풍요롭기만 하다

새콤한 여자, 알싸한 이 여자
오늘도 푼수같이 너울거리며
새콤 달콤한 하루는 내일을 넘본다

memo

>> 최상근 교수 강의

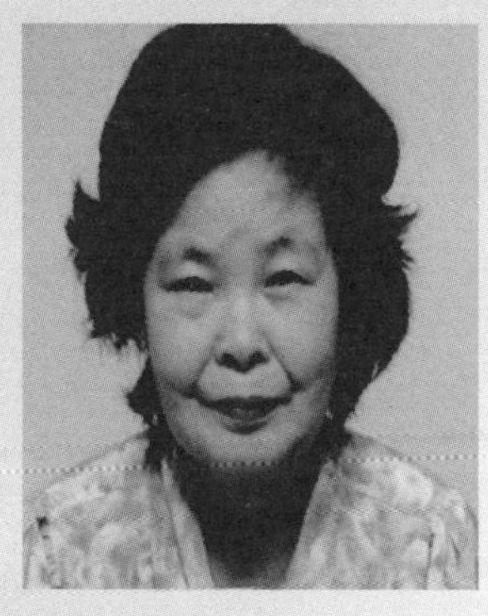

김희영 시인

인천 강화군 거주

(사)창작문학예술인협의회 정회원

대한문인협회 서울인천지회 정회원

강화문학회 회원

대한문학세계 시 부문 등단

대한문인협회 금주의 시 선정

대한문인협회 2014 이달의 시인 선정

대한창작문예대학 졸업

문예창작지도자 자격 취득

할아버지와 벽시계

김희영

생성과 소멸을 가리키는
우리 집 가보 괘종시계.
할아버지의 심장을 안고
오늘도 행군한다

시간에 삶을 저장하고
잃어버린 과거와
자애로운 대화를 나눈다

할아버지의 호통은
괘종으로 마음을 때리고
초침은 평온을 선물한다

쉼 없이 움직이는 소리
부지런한 손때를 안고 사는
할아버지의 심장 벽시계

할아버지의 어제와
나의 오늘이 공존하는
추억을 가슴에 남겨 놓는다

자화상

김희영

바다를 품은 갈매기
소라 껍데기의 사연을 품고
높푸른 하늘로 비상 한다

우유부단한 성격
인연의 고리 얽혀
파도에 내어 주고
갈매기에 내어 주고
빈 껍질뿐이다

질퍽한 갯벌을 헤집으며
파도에 휩쓸려도
갯바위에 올라 세상을 보는
끈질긴 희망을 찾고 있다

짠물에 절인 나의 생
바다를 그리워하며
짠맛 풍기는 모래에 묻힌
소라껍데기다

카메라와 삼각대

김희영

다가갈 수 없다
서 있을 수도 없다
네가 없는 나는
그저 흔들리는 초점일 뿐이다

어둠을 찍는다
찰나는 빛을 모으고
셔터의 오랜 기다림은
바르르 심장을 떨게 한다

혼자는 불안하고
둘이서는 흔들리고
셋이서 당당하게
웃고 있는 여유
세상을 향해
힘차게 외칠 수 있는 것은
하나 되는 셋의
따뜻한 체온 때문이다

야멸찬 세상에 버려진 삶은
세찬 비바람에 흔들리는 삶을
선명한 빛으로 렌즈에 담는다

홀로 살기엔 벅찬 세상
좌절 안에서
손 잡아 주는 이 있어
힘찬 설렘으로 삶을 끌어 안는다

비가 오는 봄날에

김희영

비가 오는 봄날에
추적이는 빗소리만큼
끈끈한 동행이
거실에 마주 앉아 있다

지루한 일상이 술렁거린다
발동한 장난기
내기에 이기면 소원 들어주기
불타는 승부욕에 빗소리도 숨죽인다

치고 빠지는 지혜로움
배려하는 마음은
웃음의 작은 열쇠가 되고
듬성듬성 내려앉은 백발은
무색함에 등을 돌린다

맞붙는 승부욕이
속임수는 절대적
능청떠는 속임수에
웃음은 빗소리를 뚫고
담장을 넘어 선다

비에 젖은 하루는
잔잔한 웃음과 동행하고
하루하루의 행복은
긴 여정 동행의 끈을
오늘도 한 가닥 이어 간다

할머니와 무쇠솥

김희영

마당 가장자리에
제자리처럼 자리 잡은 무쇠솥
반질반질 할머니의 정성이
솥뚜껑 위를 서성인다.

뚜껑의 무거운 짓눌림은
고소한 밥 내음만으로 배부르다

봄맞이 나온 쑥
개떡이 되어 대청마루에 눕고
여름 뜨거운 햇살을 피해
땅속에 숨은 감자
밀가루 뒤집어쓴 수제비 되어
동네 한 바퀴 돌고
머리 무거움에 고개 숙이던 수수
배고픈 이의 웃음으로
피어나게 하는
후한 인심의 무쇠솥

가난과 씨름하던
힘겨움 속에서도
나눔을 펴내던 무쇠솥
배고픈 이들과 함께한
할머니의 마음으로
오늘도 나는 무쇠솥을 닦는다

소풍날

김희영

화사한 꽃길 따라 소풍 가던 날
궁핍은 도시락에 담겨 따라오고
시큼한 김치 한 조각에 꽁보리밥은
어둑한 숲 속에서 흘리는 눈물
한 방울로 따라 온다

쪼그린 가난이 운다
감자 한 알 쥐고
눈물을 반찬 삼아 허기를 채우는
숲 속 어둠의 친구
가슴에 찬 서러움을 친다

이는 바람에 까만 꽁보리밥이 하얗다
몇 날 며칠을 가녀린 손으로
품을 팔아 싸준 어머니의
고행의 피눈물이었다

등골이 시리고 뼛골에 바람이 지나가
목구멍까지 차오르는 가난
추위를 툭툭 치며 걷어낸 절망
어둠 속에 한 줄기 빛은 희망을 부른다

가난은
나보다 더 가난한 사람을 보면
부자가 된다

촛불

김희영

손사래에도 스러지는 빛
미풍에 그림자도 흔들리고
스러질 듯 말 듯
위태롭게 유지하는 여린 빛은
절망 앞에 무릎 꿇는
짙은 어둠에서
한 줄기 희망이 된다

한 치 앞도 보이지 않는 어둠
나아갈 길이 보이지 않는 미로
절망의 끝이 보이지 않는 삶은
끝과 끝이 뒤엉킨 실타래

천 길 벼랑 끝
위태롭게 떠듬거리는
삶 앞에 내민 가녀린 촛불은
소슬히 부는 바람
두 손으로 잠재우는 합장이다.

삶을 포기한 이에게
내미는 따스한 손길
환한 희망의 촛불이다

장미의 두 얼굴

김희영

화려한 향기를 지닌 꽃잎의 춤사위
5월의 초록을 붉게 태우고
향기가 흘린 눈물
가시 되어 심장을 찌른다

화려한 향기에 가려진 어둠은
삶 앞에 무릎 꿇는 처절함이었다
커다란 손길은 향기를 꺾어 삼키고
향기에 가려진 어둠은
눈부신 햇살에 더 깊은 어둠 속으로 잠식한다.

시리게 눈부신 햇살
혹독한 어둠이 삼키고
향기로운 꽃잎은
가시 돋힌 외로움을 키운다.

화려함으로 붉게 타는 꽃잎
날카로운 가시를 품은 향기
장미의 두 얼굴엔
만질 수 없는 아름다움이
서슬퍼런 웃음을 던진다

아들아 이렇게 살아가자

김희영

아들아!
세상에서의 삶이란 내 의지와 뜻대로
살아갈 수 없는 것이 더 많단다
내가 의도하지 않는 삶을 살아가면서 갈등도 있고
누군가와 다투기도 하고
하루하루 전쟁터 같은 날들에 지쳐
주저앉고 싶은 때도 많단다

우리가 가는 길은 기차를 타고 여행하는 길과 같다.
수많은 사람들이 타고 내릴 때 이기적인 마음이 생긴다면
서로 부딪히고 밀치며 먼저 내리고, 먼저 타기 위해
발버둥 치는 모습만을 보일 것이다.
그럴 때 한 번 더 양보하고 배려해서 부딪침이 없도록
이기적인 마음을 버리고
길고 긴 인생의 여정에 아름다운 흔적을 남겨야 한다.

아들아!
부모 품을 떠나 아내와 만나서 새롭고
아름다운 둥지를 만들어
인생의 기차를 타고 함께 가기 시작했음으로
항상 자신의 선택에 최선을 다하여
뒤돌아봐도 후회 없는 삶이어야 한다.

아내와 다투는 일들은 아군과 싸움하는 어리석은 짓이라
시간 낭비 체력소모 불행을 자초하는 일이다
부부관계는 서로 힘을 합쳐 외부의 일들과 맞서 싸우는
협력하는 관계이고 서로의 조력자임을
항상 명심하고 관용을 베풀어야 평온함을 지킬 수 있다.
아내를 내 몸과 같이 사랑하라는 말씀을 평생 실천하며
깊이 명심하고 즉시 돌이켜 네가 먼저 사과하고
대화로 풀어라
성품이 성숙한 사람은 먼저 손 내밀고
사과할 줄 아는 사람이고 지는 것이 이기는 것이다

아들아!
아름다운 생각과 고운 감정에 확고한 의지로
선한 양심 안에서 적극적으로 진실하고 정확한
길을 가도록 항상 마음을 다스리고
때로는 고달프고 괴로운 일들이 닥칠지라도
소모되는 삶이 아니고 고난을 통하여
익어가는 삶이라는 신념을 지키고 살아가거라

항상 남을 배려하고 베풀기를 부지런히 실천하고
오른손이 하는 일을 왼손이 모르게 하고
아름다운 미덕을 가꾸고 이행하기 바라며
아름답고 고운 인생의 기차 여행을 부부와 두 손 잡고
행복하게 살아가기를 진심으로 빌어 본다

그리움

김희영

빛바랜 사진을 정리하다
시선이 멈춘 곳에
지울 수 없는 흔적들이
뇌리에 들어차서 복잡하다

인화된 사연들 한 장씩
들춰보니 시린 가슴
냉골에 칼바람이다

쪽 찐 머리 외씨버선
댓잎처럼 사각거리는
한산모시 고운 자태
사각 틀에서 웃고 있다

외유내강 부드러운 손길
집 안 구석구석 손때 묻은 흔적들이
눈 안으로 들어온다

앨범을 닫고 그리움의 커피 향에
아픈 기억들이 투영되고
하나둘씩 망각의 샘으로 돌려보낸다

그리움은 할머니의 웃음 따라 허공을 떠돈다

memo

박순애 시인

대한문학세계 시 부문 등단
대한창작문예대학 졸업
문예창작지도자 자격 취득
시낭송지도자 자격증 취득
대한문인협회 대전충청지회 정회원
(사)창작문학예술인협의회 총무국장
대한시낭송가협회 사무국장

진달래

박순애

산등성이 봄빛이 나리면
초록 잎새 가슴에 품고
연분홍 사랑으로 젖어든 그대

설레는 마음으로
산자락마다 붉게 물들였지요

아름다운 사랑 가슴에 새기고
가지마다 그리움 달며
꽃 비 되어 날아간 그대

이 봄에도
화사하게 피는 그대는
그리운 사랑입니다

어머니의 흔적

박순애

파도에 실려 온 사랑을
마음에 들여 놓고
그리움은 썰물에 띄운다

바닷물이 지운 갯벌 위에
무거운 발자국 깊게 찍어
삶을 한 망태기 건지신 어머니

시린 가슴에
한낮의 태양을 담고
뜨거운 신음조차 삼키셨다

땀방울로 고랑을 적시며
붉은 바다 위에
하얀 꽃을 피우신 어머니

눈물마저 메마른 가슴에
마중물이 되셨다.

함께 가는 길

박순애

소중한 인연으로
기쁨과 슬픔을 함께하는
버팀목 같은 그대와의 발걸음

어여쁜 꽃길에 사랑을 속삭이고
서로 밀어주고 당겨 가며
험한 골짜기와 높은 언덕을 오르고
함께하는 기쁨을 알았습니다

때로는 비바람에 떨어지는
옹이의 아픔을 가슴에 새겨
속살까지 태우고 서로 의지하여
소중한 열매를 잉태했습니다

아이들 웃음소리로
행복을 노래하며 그대 손잡고
아름다운 발자국을 남기고 싶습니다

가난

박순애

뱃고동 소리 요란한 배
멀건 수제비 한 그릇으로
허기를 달랜다

끼니마다 밀가루 밥상에서
벗어나려는 간절함은
쉼 없는 노동으로 이어지고

촛불 하나 찬바람에 넘실거리며
가난을 태우려 눈물을 흘린다

궁핍을 가슴에 끌어안고 울며
흔들리는 촛불에 피어난 희망은
눈물로 얼룩진 책장을 넘긴다.

멈춰버린 시계

박순애

반평생을 관절염에 시달리신 어머니
툭 불거진 손가락 마디마다
고통에 힘겨운 흔적들이 얼룩지고
앙상한 손목이 아픔을 말했다

애지중지 키운 고명딸이
반짝이는 금빛 시계를 선물하던 날
우리 딸이 첫 월급을 탔다고 하시며
동네를 몇 차례 돌아다니셨다

시계가 마음에 꼭 든다 하시며
입가에는 미소가 번지셨고
시계가 닳을까 아끼시며
외출하실 때는 꼭 챙기셨다

세상에서 가장 값진 시계인 줄 아시고
하루에도 수없이 만져보고
바라보신 것은 시간이 아닌
어머니의 사랑이었다

어머니의 심장이 차가워진 그 날
주인 잃고 빛을 잃어 온기조차 없는
시계는 초침마저 멈춰 세우고
뜨거운 오열을 가슴으로 삼켰다.

아카시아 향기

박순애

아카시아 향기 그윽하게
코끝을 간질이며
그리움을 불러낸다

굽은 등에 매달려
꽃을 피우다가
하얀 살갗이 찢겨지고

온몸에 가시 박혀가며
진한 향기 만들어
기쁜 노래 부를 때

달콤한 향기 찾아
가슴으로 파고드는 벌에게
단물마저 내어주고 파르르 떤다

애틋한 사랑 남긴 당신
목이 터지고 눈에 핏발이 서도록 불러도
뜨거운 눈물에 하얗게 아롱거릴 뿐

당신 닮은 사랑의 향기
심장 깊은 곳에 채워 놓고
높은 하늘을 우러러 본다

양면성

박순애

착한 모습 내 얼굴
나쁜 모습 네 얼굴

아니야
착한 마음 네 마음
나쁜 마음 내 마음

아니 아니야
착한 모습 나쁜 모습
착한 마음 나쁜 마음
모두 다
내 얼굴 내 마음이지

고백

박순애

텅 빈 가슴에 처진 어깨 들썩일 때
따뜻한 손길로 다가온 당신과
우연한 만남이 있었지요

사랑이 많은 당신은
갈 길 몰라 방황하는 저를
넓은 가슴으로 보듬고
갚을 수 없는 사랑을 주셨지요

사랑한다는 달콤한 속삭임에
어느 날부터인가
당신이 궁금해지기 시작했고
당신의 뜨거운 사랑으로
차디찬 마음에 온기가 돌았습니다

두렵고 떨리는 마음은
당신의 부드러운 사랑으로
기쁨과 행복을 느끼며
평안을 찾게 되었습니다

우리의 소중한 만남은
영원한 사랑으로 이어졌고
나의 전부가 된 당신께 고백합니다
당신을 사랑합니다

여정

박순애

인생의 종착역을 향하여 가는 길
만남과 이별 속에
상처받고

행복 찾아 떠난 여정은
고난의 역에 머물며
인내를 배웠다

중년이라는 역을 지나
주름진 외투를 걸치고
배낭을 메며
나를 찾아 나선다

아버지의 꽃

박순애

인정이 넘치고 과묵하시며
모란을 좋아하셨던 아버지
정성 들인 화단에는 해마다
탐스러운 모란이 피었습니다

따사로운 햇살이 잘 들고
사계절 풍경 훤히 뵈는 곳에
모셔 놓고 돌아서도
한마디의 말씀이 없으신 그날에

자줏빛 향기를 머금은 꽃이
활짝 피어났습니다
유난히 진한 향이
아버지를 떠올리게 합니다

이제는 모란꽃 닮은 촛불 앞에
정성 들인 꽃향기로
자식들 불러 모아
이야기꽃 피우시는 아버지

즐기시던 탁주 한 사발 참으시고
고사리 같은 손에 커다란 눈깔사탕
쥐여 주시며 흐뭇해 하셨던 아버지
차가운 가슴을 따뜻하게 밝혀 줍니다

따뜻한 아버지의 꽃
가슴 깊은 곳에 담아
사랑으로 피워 놓겠습니다

memo

>> 문철호 교수 강의

박영애 시인

대한문학세계 시 부문 등단
대한창작문예대학 졸업
문예창작지도자 자격 취득
현) (사)창작문학예술인협의회 이사
현) 대한시낭송가협회 회장
현) 대한문인협회 금주의 시 선정위원
현) 대한문학세계 편집위원
현) 대한문화예술방송 아트티비 '명인명시를 찾아서' 진행
현) 동화구연, 시낭송 교육강사
대한문학세계 신인문학상 수상
2010년 오장환 문학제 전국 시낭송대회 대상 수상 및 그 외 다수
2012년 대한문인협회 한국 문화 예술인상 수상
2013년 (사)창작문학예술인협의회 특선시인선 부록 시낭송가 감사패 수상
2013년 대한시낭송가협회 국회의원 박범계 특별상 수상
2014년 대한문인협회 한국 문화 예술인 대상
2014년 대한문인협회 한 줄 詩 공모전 은상 수상
2014년 대한문인협회 금주의 시 선정
2014년 박경리 전국 시낭송대회 특별상 수상
2015년 시낭송지도자 자격증 취득
2013, 2014, 2015 시화전 출품

어머니의 눈물

박영애

촛불로 어둠을 밝히던 유년
장난으로 내딛은 헛발질에
삶을 태워 버린 불꽃은
어머니의 가슴도 활활 태웠다.

까맣게 타버린 어머니의 심장이
불길 속 아이들을 향한 절규로
어둠을 때리고
허공에 던진 어머니의 처절함은
아이들의 그을린 숨소리에
빛으로 녹아 내렸다.

어머니는
검은 연기 토해내는 날숨을 끌어안고
어둠을 밝히는 촛불로
세상 앞에 우뚝 섰다.

심지가 까맣게 타 들어가
심장에 꽂힐 지라도
어둠을 밝히는 것은
어머니의 마음이리라

가난한 시어

박영애

삶의 고뇌를 토악질한다.
생각의 열차는 간이역으로 떠나고
텅 빈 갱지에는
난삽한 언어만이 어지럽게 춤을 춘다.

손 내밀면 멀어지는 언어는
허공을 떠돌고
까만 먹물로 내려앉은 언어는
내 것이 아닌 허상으로 가득하다.

고요와 적막의 터널
어둠속에 허기진 언어
소리내어 뱉어 보지만
한 줄기 빛에 스러진다.

순간의 삶도 승차하지 못하고
떠돌던 언어마저 하차해 버린 간이역.
허파를 파고드는 간절함 만이
시린 종이에 파릿하게 앉았다.

삶의 언어를 찾지 못한 열차는
애타는 갈증으로 밤새 기찻길을 떠돌고
굶주린 언어에 먹물은 까맣게 말라만 간다.
여명의 스러진 죽은 언어를 안고서…

중년의 사랑

박영애

질긴 고난의 세월
깊은 심장에 남겨두고
바람에도 부끄러워하는 꽃잎이여.

지난 봄
온몸을 불태운 고통의 상처 숨기고
산허리에 수줍게 피어나는 향기는
밤새 토해낸 사랑의 절규이리라.

가파른 비탈길에
가녀린 뿌리에 온몸 맡기고
먼 그림자로 남아 있는 사랑 찾아
바람에 실려 보내는
애절한 사랑이여.

네가 피어난 자리
고난과 인고의 세월을 보내고
중년의 언덕이로구나.

수첩 속에 빛바랜 사진

박영애

꿈이 있었다.
영원한 동심과 함께
늙어가고 싶은 꿈 하나와
복음사역을 하고 싶은 꿈 하나.

가난이라는 굴레에
배움을 놓아야 했고
절망 앞에 포기해야 했던 꿈은
실낱같은 희망을 붙들고
거친 호흡으로 세월을 안고 살았다.

하얀 이를 드러낸
빛바랜 사진 속 소녀
세월의 더께에 앉아
꿈을 안고 웃는다.

사진첩의 소녀가
마흔의 언저리에 꿈을 안고
거울 속에서 웃는다.
유년의 꿈 하나가
현실이 되어 여인의 품속으로 파고든다.
내일의 창문을 열고서.

머물다 간 자리

박영애

다 주지 못한 어미 마음을
어찌 다 아랴
바쁘다는 이유로 함께 하지 못하는
안타까움에 눈물을 감춘 마음을
어찌 다 품어 안으랴

재잘거리는 웃음소리에
마음은 희어지고
웅쾅거리는 싸움 소리에
마음이 미어져
차마 어루만져주지 못하고
악다구니만 지르던 어미의 아픈 마음을.

타지로 떠나 외로운 마음 안고 살까
둥지로 날아든 날이면
대문을 열어 사랑을 가득 담으련만

허물처럼 벗어 놓은 옷은
안타까운 마음을 덮고
싱크대에 쌓인 그릇은
인내하는 마음에 찬물을 끼얹는 것을.

어찌하랴
왔다간 흔적은 어미의 몫인 것을
더 채워주지 못한 마음에
냉장고를 비워 보내련만
어지러운 거실만큼
어미의 사랑이 그리운 나이인 것을.
비워버린 냉장고의 공간만큼
허허로움으로 가득찬 타지 생활인 것을.

멀리서 들려오는
달빛 젖은 개 울음은
왔다간 공허한 흔적만이 남은
어미 가슴에
쓸쓸함으로 남는 것을
어찌 다 헤아리랴.

쇠똥구리의 희망

박영애

더러움을 마다하지 않는다.
행복한 웃음을 위한 발걸음
소똥이든
말똥이든
기꺼이 육신이 쇠진할 때까지
운명처럼 동행한다.

앞이 보이지 않아도
나보다 더 큰 행복의 자양분을
고통의 길 위에 굴린다.

깨지기도 하고 버려야 하는 아픔도 있지만
내게 주어진 굴레라 여기며
포기하지 않고 묵묵히 그 길을 간다

더럽다 손가락질 받아도 상관없다.
아이들의 소중한 웃음을 만들고
행복의 울타리를 만들기 위해서라면
이 한 몸 오물로 뒤집어쓴다 해도
피하지 않을 것이다.

오늘도 똥을 굴린다.
오물을 뒤집어쓰고
행복의 문턱을 넘어
아이들의 웃음이 머문 그 곳으로
오늘도 나는 오물을 운반한다.
그것이 어미의 숙명이기에

내 마음의 폴더

박영애

내 눈을 깜박일 때마다
그대의 표정을 담는다
그대의 숨소리를 담고
그대의 몸짓을 담고
그대의 마음마저
내 마음 폴더에 저장한다.

그대 향한 렌즈에
뿌연 먼지가 내려앉을 때
닦아도 닦아도 흘러내리는 눈물
폴더에 담긴 그대를
비워보지만
삭제되지 않는 기억의 공간.

내 마음의 렌즈는
오직 그대만을 향해
고정되어 있다.

동행

박영애

가슴을 두드리는 초침소리가
기억의 서랍을 열었다.

처음 입학하는 날
큰 세상을 다 가진 것처럼
손목에 자리했다.

대학을 졸업하는 날
지금까지 나를 지켜주었던
너를 버리고 새로운 시간을 찾았다.

행복으로 걸어둔 시계는
분초가 서로 따라가듯
우리의 삶은 그렇게 새로운 시간을 맞는다.

잠들지 않는 시계는
째깍거리는 초침소리가 메아리 되어
또 다시 새벽닭의 울음과 마주하고 있다.

내 짝꿍에게 보내는 마음

박영애

하루를 뉘이고 오늘을 보내는 밤
당신은 어김없이 오늘의 지친 삶의 토악질을 하고 있습니다.

내 삶에 지쳐 당신을 미처 바라보지 못하던 때
당신이 품어 대는 삶의 푸념에
피곤함은 메말라가고 휴식은 사라지기에
내뱉었던 나의 언어는 날카로운 비수가 되어
당신의 심장에 꽂히기도 했습니다.
그때는 당신의 코골이는 그저 시끄러운 소음이었습니다.

언제부터인가 알게 되었습니다.
하고 싶은 말 못하고 억눌린 감정들을 무의식으로
풀어내는 한의 소리를 담고 있다는 것을.

울림이 심한 날은 힘겨운 당신의 하루를 엿보았고
쌔근거리는 날은 당신 마음의 여유를 느낄 수 있었습니다.
소리가 들리지 않은 날은 혹시나 하는 마음에
마음을 쓸어내리기도 했습니다.
이제는 조금 헤아릴 수 있을 것 같습니다.

고단함을 눕힌 오늘 유난히 코골이 소리가 우렁찹니다.
아버님과 마지막 이별을 뒤로하고 숨죽여 울던 당신!
한 맺힌 울음소리에 지난 삶의 고단함이 묻어나
마음이 아프고 눈물이 납니다.
오늘따라 잠든 당신의 모습에서 아버님이 보입니다.

가슴의 응어리 모두 감추고 행복한 미소 짓는 당신.
당신의 한숨이 가족의 근심이 된다는 것을 알기에
오늘도 당신은 가슴에 쌓인 설움을 토악질하고 있습니다.

미안합니다.
고맙습니다.
그리고 내 삶의 동반자가 당신인 것이 감사합니다.
당신을 사랑합니다.

나를 돌아보며

박영애

길을 걷다가 땅에게 묻는다
넌 누구니?
말없이 나를 받쳐주던 그가
내게 말한다
그런 넌 누구니?

창문너머 들어오는 바람에게 묻는다
넌 누구니?
가만히 나를 감싸 안던 그가
내게 말한다
그런 넌 누구니?

밤하늘의 수많은 별들에게 묻는다
넌 누구니?
삶의 방향을 말없이 가리키던 그가
내게 말한다
그런 넌 누구니?

되돌아온 그들의 질문에
난 얼굴 붉히고
아무 말도 못한 채
약속 하나 남겼다
내가 누군지 돌아본 후에 대답하겠다고

사방천 시인

경기도 양평군 거주
대한문인협회 경기지회 정회원
(사)창작문학예술인협의회 정회원
양평문화원 정회원
대한문학세계 시 부문 등단
대한창작문예대학 졸업
대한문인협회 금주의 시 선정
대한문인협회 2014 이달의 시인 선정
대한문학세계 신인문학상 수상
2011. 12 대한문인협회 향토문학상 수상
2012. 12 대한문인협회 한국문학발전상 수상
저서 "세월 잘못 만나" 출간

꿈과 소원

사방천

나는 허공을 떠도는 바람과 태양이 되고 싶다
바람과 태양은 세상 곳곳을 돌아다니며 빛과 바람을
나누어 주듯이 태양과 바람같이 세상을 돌아보면 참 좋겠다.
나는 이 좁은 땅에서 한곳 많이 바라보고 사니 답답하다
바람과 태양같이 두루두루 살펴가며 구경도 하고
좋은 마음으로 서로서로 돕고 마음 비우고 사랑과
이해로 뜻을 합하여 너나없이 평화로운 세상 만들려
공존하며 어린아이 같은 마음으로 삶을 함께하여
지상낙원 이루고 살아가는 것이 나의 꿈이요 소원이다

복수초

사방천

백설이 녹지 않은 양지쪽
비집고 나와 가랑잎 깔고 앉은
복수초 노란 저고리의 분단장하고
임 마중 나와 기다리니
임은 아니 오시고 찬바람만
몰려오고 서산마루 해가 지니

뒷동산 청솔가지로 새들도
짝을 지어 쌍쌍이 모여드는데
기다리는 내 임은 언제 오시려나.
외로운 가슴에 찬바람만 서린다!

옆집에 딸 생각하는 할미꽃과
임 그리는 복수초 신세 한탄하며
잠 못 이루고 뜬눈으로 지새우니
애처롭게 바라보던 소쩍새가
소리치며 하는 말이 세월이 가면
시간이 약이니 참고 기다리라 하네!

봄아가씨

사방천

겨울잠 자던
봄아가씨 잠 깨어
몸단장 곱게 하고
삼단같이 늘어진
머리 꽃 댕기 들려
곱게 꾸민 얼굴

섬섬옥수 고운 손에
꽃바구니 옆에 끼고
오이씨 같은 버선발로
아장아장 들로 가니

밭고랑
나생이 씀바귀가
반갑다고 손짓하니
바라보던 아지랑이
달려와 봄아가씨
품에 안고 흥에 겨워
콧노래 부르니
벌 나비 날아와
춤을 추며 봄날은 가네?

아리랑 고개

사방천

갑오년 푸른 말이 힘들게
넘어가던 아리랑 고개
정거장 지어 놓고 희망을
찾아가는 행인 쉬어 가라 하네?

아리랑 고개 넘기 어려우면
정거장에 들려 봄바람과
동행하여 희망의 웃음꽃
피워 가며 즐거운
마음으로 달려가 보세

아리랑 고개 너머 희망의
동산 아지랑이 가물대며
얼어붙은 계곡물 흐르고
종달새 지저귀며 양 떼가
뛰어노는 넓은 초원 희망이
넘치는 꿈에 동산 찾아 가보자

어린 순정

사방천

청산계곡 푸른 물에 조각배 타고
정든 임과 마주 앉아 사랑 노래 부르니
외로운 갈대밭에 슬피 우는 두견새야
가는 세월 안타까워 너도 슬피 우느냐?

청산계곡 푸른 물에 조각배 타고
작별 노래 부르니 동백꽃도 피고 져서
석양을 바라보니 애석하게 석양마저
춘풍에 실려 세월 따라 너도 지는구나!

달이 뜨는 청산계곡 조각배 위의
사랑노래 실어놓고 떠나가는 야속한 임
열여덟 첫사랑의 흘린 눈물의 얼룩진
상처 너마저 몰라주면 그 누가 알아주랴

인내와 노력

사방천

비바람마저 가며 가시덤불 헤쳐 가며
자갈밭 위로 걸어오며 수십 년 갈고
닦아 문예대학 입학하여 문학 세계
뿌리내려 인생살이 공부하니
이제야 꽃망울 맺으려 하네!

춘풍에 꽃 피고 잎이 무성하니
바람에 꽃잎 나풀나풀 춤 추고
메아리 소리의 가는 세월 안타까워
바람도 망설이며 쉬어 갈까 하네

청춘시절 허무하게 보내 놓고
생각하니 모두가 허사인데
인생에 허송세월 석양 같은
허전함 어디에 의지할까?

인생 여정

사방천

이 세상 올 적에 세상을 호령하니
나를 보고 모두 웃고 기뻐하여
세상 바라보니 모두가 아름답다

맑은 하늘 푸른 강산
계곡물 흐르며 새들 노래하니
왕성한 청춘 혈기 세월의 손 잡고
풍류를 벗 삼아 물결 따라 가보세

세월 따라 바람 따라 모든 험난한
인생살이 산전수전 겪다 보니
나오느니 한숨이고 남은 것은
병마와 백발만 무성하네!

여보시오, 번민네들 허무한 인생살이
허송세월하지 말고 열심히 살아가며
아귀다툼하지 말고 마음 비우고 서로가
양보하고 웃으며 행복이나 누려가며 살아보세

장애인 회관

사방천

오늘은 장애인 회관에서
장애인들을 위하여
고유의 명절놀이를 하는
축제 한 마당이 벌어졌다

주제는 윷놀이와 제기차기
화살 던지기 등등에 놀이가
시작되니 모두가 즐거워
웃는 모습이 철부지
어린아이들 같다

축제 한마당이 모두 끝나고
점심시간에 모두가 떡국과 인절미
과일들을 먹으며 즐거운 시간이
끝나고 각자 집으로 돌아가는
모습이 아쉬움을 남기고 작별을 하네.

창작문예대학

사방천

창작을 꿈꾸어 모인 우리
창작문예대학 문우 여러분
다 같이 도와가며 협심하여
각자의 꿈을 이루어 갑시다

창작문예대학 우리 스승님들도
지도하시기 어렵고 힘드시더라도
지도와 편달을 바라는 문예대학
문우들을 잘 지도하시어
문우님들과 우정의 빛이 나도록
지도와 편달을 바랍니다.

지도하시는 스승님들의 교훈이
문우님들의 학문이 번창하시고
동행의 뜻과 돈독한 우정의
학우로 매듭을 지어 봅시다!

촛불 같은 인생

사방천

우리가 세상을 살아가는데
용기와 희망을 품고 열심히
사노라면 촛불과 같이 빛나는
영광과 행운이 올 수 있다.

어두운 곳에 불을 밝히면
보이지 않던 사물이 보이듯
촛불 같은 마음으로 열심히
노력하며 달려왔네.

험난한 세상을 살다 보니
촛불이 자기 몸 다 태우면
불꽃이 꺼져 가듯 인생도
늙고 병들면 촛불과 같다

memo

>> 설연화 교수 강의

서수정 시인

(사)창작문학예술인협의회 정회원
대한문학세계 시 부문 등단
대한문인협회 서울인천지회 정회원
대한창작문예대학 졸업
문예창작지도자 자격 취득

그리운 아버지

서수정

초록의 무성함이
싱그러운 향기 속에 묻히는 오월
아카시아 향기 속에 아버지의 냄새가
실려 나와 더욱 그립게 합니다

아버지와의 짧았던 만남과 사랑
제 가슴에 깊이 각인되어
중년이 되어서도 그리움으로 남아 있습니다

가정의 달 오월이 되면
더욱 사무치는 아버지 어머니
모진 세월 한시도 잊지 않고 살았습니다

어버이날이면 부모님 가슴에 꽃 달아 줄 때
나는 눈물의 편지만 썼다가 지우고
당신의 빈 그림자만 쫓았습니다

아버지
목이 메도록 부르고 또 불러도
보고 싶고 그리운 내 아버지
오늘도 눈물로 당신을 불러 봅니다

아카시아꽃 피던 날

서수정

초록이 짙어가는 틈에
향기로 너의 존재를 알리고

터질 듯
알알이 박힌 아픔들
땅을 향해 고갤 떨군다

터진 알갱이의 달콤한 맛
그때로 돌아가고 싶지만
시간은 거꾸로 흐르지 않아
추억속에만 머문다

하늘만 바라보는 이들에게
고개 조아리며 속죄하는 듯
너의 겸손한 몸짓에
나도 절로 고개 숙인다

너의 다녀간 흔적은
짙은 향기로 남기고
순백의 꽃은 누렇게 변해 간다

아카시아 꽃 피던 날
봄도 같이 간다

소중한 추억

서수정

어린 시절이 그리워
가만히 눈을 감으니
그때가 필름처럼 펼쳐집니다

냇가에서 친구들과 버들가지 꺾어
버들피리 만들어 고막 터지게 불며
뛰어놀던 푸릇푸릇한 기억

동네 앞을 지나는 철길 옆에 돋아난
봉긋한 삘기를 뽑아 볼 터지게 씹으며
무엇이 좋은지 깔깔대던 어릴 적 친구들

찔레순과 떫은 감꽃을 먹으며
작은 것에도 감사하고 행복할 줄 아는
마음이 풍요로운 시절이었습니다

다시는 갈 수 없는 어린 시절
감았던 눈을 가만히 떠보니
그 시절은 나의 소중한 추억이 되었습니다

이야기 속에 꽃으로 피어나고

서수정

해가 지고 어둠이 내리면
하나 둘 촛불을 켜고
환한 방 안에 빙 둘러앉는다

서로의 얼굴을 마주 보고
아랫목엔 서로의 발제기를 하는
아이들의 웃음소리가 있다

별들도 조용히 내려와
촛불의 불꽃 속으로 스며들고
촛불은 이야기 속에 꽃으로 피어난다

깊은 밤 별들도 잠이 들면
촛불은 제 할 일을 다 한 양
심지를 접고 깊은 수면으로 빠져든다

오월이 오면

서수정

사랑의 전령사로 온
붉디붉은 생리혈 같은 꽃
어느 집 담장 위를 붉게 물들이고
아름다움으로 눈을 멀게 해
숨겨진 가시를 보이지 않는다

사랑의 향기를 머금고
꽃가지 마디마디마다
가시로 연약한 자신을 보호하는 꽃
어느 누가 그 가시를 탓하겠는가
삶의 처절한 몸부림인 것을

철길

서수정

언제나 함께 할 수 있는 나
그대가 있는 인생 외롭지 않아
시작과 끝을 같이 하는 우리
혼자가 아닌 둘이 가는 길

길고 긴 여정
그대라는 동반자가 있어 행복합니다

이 세상 끝나는 그 날까지
서로 마주 보며 웃고 울고
비 내리고 눈 내리는 날도
우산이 되어 함께 해주는 그대 있어
먼 여행길도 힘들지 않게 갑니다

진달래

서수정

그리움에 피 토하도록
울어 본 적 있던가

뼈에 사무치는 그리움 한 덩이
가슴에 솟구치는 서러움으로
여명을 삼키며 울어대는 두견새

밤새 흘린 서러움 계곡을 타고 흐르면
피 토한 그리움 붉은 꽃망울로 피어난다

만남보다 긴 이별의 시간
두견새의 울음 뒤로 스러지는
짧아서 서러운 연분홍빛 사랑이여

진정
서러움에 심장이 찢기도록
울어 본 적 있었던가

흔적

서수정

심장에 각인된 흔적
지우려 할수록 더욱 스며드는
지난날의 철부지 사랑

순간의 짧았던 판단에
아픔이 되어 버린 분신들
항상 그리움 속에 살아간다

해 질 녘 태양은 悠悠自適
서쪽을 향해 노을만 남기고
고개를 떨군 그리움은
붉은 빛 서러움을 토해낸다

서러움의 노을 빛을 바라보는
나의 심장은 멎은 듯 고요하고
눈에선 그리움이 흘러내린다

카메라

서수정

날숨 같은 바람 한 번이면
사라져 버릴 것 같은
이슬방울에 비친 그림 같은 세상
너의 눈 속에 담겨 있다

투명한 유리알 속 같은 세상
심장 속 主 調音이 들려온다

이름을 잃어버린 들꽃의 사랑
짓밟혀 피어나는 꽃의 아픔
품어 안고 담아내는 너의 시선에
내 마음도 담아 본다

나의 잃어버린 삶도
희망에 찬 새로운 세상도
너의 눈 안에서 진실을 찾는다

맞지 않는 배꼽시계

서수정

세상이 돌고 사람도 돌고
하루 세끼 밥이 어디로 갔는지

시절에 변해 버린 배꼽시계
고장이 나서 추억만 먹고 사는가

살과의 전쟁 속에 버려진 시계
음식 앞에서 세상을 거부한다

쭉쭉 빵빵 날씬한 다리 잘록한 허리
정확하던 배꼽시계를 삼켜 버린 세상

어긋난 톱니 바퀴는 길을 잃고
시침바늘이 멈추어 버린 배꼽시계

memo

>> 김락호 교수 – 오프라인 강의

송준혁 시인

(사)창작문학예술인협의회 행정국장
대한문인협회 광주전남지회 정회원
대한문학세계 시 부문 등단
대한창작문예대학 졸업
한국문학 향토문학상 수상
2014년 현대시를 대표하는 명인명시 특선시인선 선정
대한문인협회 2014 이달의 시인 선정
저서 "낙서" 출간

자화상

송준혁

불 꺼진 집에 오늘을 벗고 들어서니
구석구석 외로움이 먼지처럼 묻어있다

빼곡히 누워 있는 담배꽁초에도
막 벗어 던진 외투에도
널브러진 책상 위에도
켜켜이 쌓아가는 고독

무리를 이탈한 얼룩말처럼
철저하게 홀로 어제를 서성이며
외롭게 살아가는 나는 그리움이다

목표를 위해 남겨진 날들을 위로하며
가족의 그리움을 안고 사는
나는 외로움이다.

시계의 울음

송준혁

톱니바퀴에 기댄 초침의 울림은
분침과 시침을 키우는 고행
날마다 일터로 향하는
어머니를 닮았다

틱 틱 틱
묵묵히 걸어가는 외로운 신음
뚝 뚝 뚝
눈물 되어 외로움 삼키는 울음

천석꾼의 막내딸 어머니
휜 허리 뒤틀린 손가락 마디마디
홀로 자식을 키워야 했던 억척은
곱게 차려입은 비린 내음에 젖어 있다

힘없이 절규하는 시계의 울음은
어머니 지난날의 아픔인 듯
목 놓아 초침소리로 운다.

바다의 사색

송준혁

목화 솜털 같은
푸근한 구름은
하늘빛 닮은
파란 바다에 걸려있다
구름이 쓸고 간
빈자리에
남아 있는 상념들

동반자

송준혁

네온사인 화려한 불빛이 익숙한
으슥한 곳에서 낮처럼 살아온 밤

하루를 일 년 같은 걱정으로
모진 성질 받아가며 이겨낸 눈물의 세월

그 세월이 만들어낸 대쪽 같은 내 마음
하늘이 주신 천사 나만의 당신

당신을 만나 내게 남겨진 또 다른 삶
같이 가는 그 길 위에 행복을

오랜 시간 날 위해 살아준 당신
이제는 당신 위해 살아가렵니다.

비오는 날의 사색

송준혁

세상을 울리는 장엄한 빗소리
번잡한 도시를 시원하게 적시고

목마른 대지와 하나 되어
말없이 속절없이 흘러만 가고

흐르는 빗물은 시간 안에서
유영하며 바다로 스미어 바다가 되고

그 시간은 세월을 주고
세월은 세월 속에서 나를 존재하게 한다.

집으로 가는 주말

송준혁

하얀 비행기로 하늘을 채우지 못한
뽀얀 그리움이 가득하다

바쁘게 돌아가는 세월의 흐름 속
그 안에 보고 싶은 얼굴들이 있다

다섯 날을 외로움으로 채우고
일주일에 한 번 집으로 간다

아이들의 목소리로 가득 찬 낮과 밤도
이제는 볼 수 있는 날

고속도로 위에 세상을 눈에 담고
집으로 가는 길은 평온하다.

어머니

송준혁

시퍼런 멍울 짊어지고
자식 위해 아낌없는 정
나목이 되어도 좋은
가을은 어머니 닮은 계절

모든 걸 내어주고 비워질 들녘
이듬해 또 채워주고 채워줄
풍성하고 풍요로운 어머니 마음

세상을 등에 업고
요란한 뱃소리에 몸을 맡겨
가을 새벽 바다를 마신다.

보고 싶은 이유

송준혁

꽃잎이 지는 자리
그리움이 맺혀 있고

비가 오는 날 처마 끝 흐르는 빗물
서러움이 살아 있다

그토록 내게 감성적인 이유
너는 어디에도 있었고
그 어디에도 내겐 없었다.

모순

송준혁

산에 올라 뭔가를 낚고 싶어지는 날
쓸 만한 낚싯대를 새로 사들일까 생각하다가
미끼는 뭐로 할 것이며 잡을 월척은 무엇일지
또, 어디에 담아 올까 고민하게 되는 밤
바다에 나가 어둠을 안고 낚시하건만
삐거덕거리는 의자에 앉아서 채비하는 생각들로
밤을 삼킨 도시도 불 밝히는 아침

무제

송준혁

새벽을 깨우는 찬란한 빛
나는 아무 데나 쉽게 버려져 있었다.

사람들 사이에서도
집 앞 시궁창 속에서도
버려진 쓰레기통 속에서 하품하며
오물을 뒤집어쓴 몸뚱어리를 씻는다

뒤늦게 깨달은 변명 같은 변명
단 한 번도 버려진 적 없는

memo

신성애 시인

경남 진주 거주

의류업 경영

대한문인세계 시 부문 등단

(사)창작문학예술인협의회 정회원

대한문인협회 부산경남지회 정회원

대한창작문예대학 졸업

문예창작지도자 자격 취득

대한문인협회 금주의 시 선정

사랑을 비우다

신성애

알고 있었다
그날 침묵이
계절마다
목젖을 뚫고 새어 나올 것을

꾸깃꾸깃 접어놓은 상흔
간헐의 바람 되어
긴 밤
심장을 펄럭거렸다

따스한 봄볕에
묵혀둔 기억 널어놓으니
너는
향기로 지천에 날린다

베어낸 기억
살점이 아렸다
습관처럼 들어서는 너를
문밖에 세워 놓을 수밖에 없다.

정지된 시계

신성애

습한 서랍장 깊숙이
보물 같은 추억
정지된 초침은
한때의 편린을 동여매고
침묵하고 있다

돌다 지친 일상
이정표가 흔들린다
늘어진 발길은
단절의 문턱에서
희미하게 선을 긋고 있다

기다림을 놓쳐 버린
길 잃은 육신
어두운 원형에서 신음한다
잡으려 손 내밀어 보지만
한 움큼 그리움뿐이다

고장 난 톱니바퀴
헛도는 인연들
상처 난 한숨
허공을 맴돌다
비명처럼 떨어진다

어머니를 향한 조리개

신성애

기억에 묻혀있는 영상
한 시절 찰나의
가슴 시린 그리움
시간을 끌어내어
초점을 맞춘다

엉클어진 머리 다듬으며
애써 일그러진 미소 짓는
어두운 궁상이
마당 앞
조리개에 앉아있다

지친 삶 머리에 이고
한나절 땡볕 쏟아지는
골목을 누비며
발자국 마다 부르짖던
허기진 모습이 아프게
클로즈업 되었다

닫힌 삶
빛의 반대편에서 고뇌하던
어머니의 한숨 소리는
허공을 유영하다
어둠 속으로 숨었다.

비상(飛上)

신성애

아침이면
간 쓸개는 끌어내어
장롱 속 깊이 걸어놓고
비장한 용장이 된다

매일 하루를 낯선 얼굴과의
끊임없는 신경전은
입안에서 단내가 났고
반복되는 삶에 멀미가 난다

허무가 칭얼대는 밤이면
열일곱 못다 한 사랑이 살아나고
상흔은 가슴 속 애절한 손끝에서
여명이 밝아옴을 잊는다

지친 삶에
초라하게 작아져 버린 육신
희망처럼
때 놓친 비상을 꿈꾼다

어머니

신성애

어머니!
그날 홀로 외로이 생과 사의
긴 줄 달리기를 하시던
마지막 모습이 심장에 박혀서
한동안 회한에 가슴만 쓸어 내렸습니다.

당신의 사진첩에는 항상 똑같은 옷이었습니다
꿰매고 꿰맨 까만 주름치마, 몸배바지
낡아 헤진 분홍 저고리가 편하다 하시던 말씀이
거짓인 줄 그때는 몰랐었습니다.

보리밥에 김치 시래깃국이
당신의 밥상이었습니다
멋진 레스토랑은 비싸다시며
집밥이 최고라 하시던 말씀이
거짓인 줄 그때는 정말 몰랐었습니다.

평생 여행 한 번 다녀오시지 못하고
집만 지키시던 당신께서
나가면 고생이라고 하시던 말씀이
사실은 돈 아까워 둘려대시는
거짓인 줄 이제는 알 것 같습니다.

그렇게 헌신으로 키운 자식들
나 몰라라 외면했을 때
당신의 기억 상실은 어쩌면
상심한 당신이 선택한 안식처였다는 것을
그때는 몰랐었습니다.

당신의 크나큰 희생으로 우리는 뼈를 키우고
당신의 육신을 갉아먹어 살을 찌우며
당신의 인생도 잠시인 것을
어머니는 정말 영원할 줄 알았습니다.

길을 걷다가도 당신의 뒷모습이 보일 때면
회초리에 맞은 것처럼
차오르는 눈물 주체할 수 없어
주저앉아 통곡하였습니다.

어머니
다음 세상에는 제가 더 많이 사랑하겠습니다
당신께서 제게로 오실 때는
부디 저의 딸이 되어
오랫동안 제 곁에 머물러 주십시오.

어머니 사랑합니다
그리고 너무도 당신이 그립습니다.

꺼지지 않는 촛불이 되어

신성애

꽃보다 붉은 청춘
불꽃처럼 타오르다
홀연히 스러지니
서러운 눈물
어미 가슴 적실 때

부르다 부르다
벼랑 앞에 선 어미
기억의 파편은
심장을 도려내고
눈앞의 세상이
천길 지옥이다

흐르는 시간은
분노를 잠재우고
쏟아지던 거리의 흥분
공허한 메아리만 남기니
불꽃의 실종이여
망각의 잔인함이여

못다 핀 꽃잎의 눈물은
해마다
어미의 가슴에
붉은 불꽃으로
피어나리라

시간과의 동행

신성애

경이로운 빛이 열리고
요람을 흔들어 깨운
눈부신 시간은
달콤한 입맞춤으로
무언의 밀어를 속삭였다

시간과 공존하는
상생(相生)의 길
지치지 않는 탐닉에
미친 듯 뛰어들어
뒤엉켰던 열정은
아침이 오는 줄 몰랐다

찰나에 꿈은 쓰러지고
미혹에 등 돌린 빈자리는
죽음보다 차갑고
벼랑으로 떨어진
허무한 시간은
폐허의 도시에서
심장 멎은
유령처럼 흐느낀다

어제의 부고를 알리는
덧없는 삶의 끈
돌아갈 수 없는 오늘이
체념의 무게만 키우고 있다

첫사랑

신성애

지친 일상에서
돌아와 앉는 저녁
먼지처럼 쌓인 피로
위안으로 포옹하는
그리운 사람아

빗장 열고 들어선
너의 환한 모습이
방안 가득
풀어 놓은 기억에는
너의 얼굴만
침묵 속에 출렁인다

너를 떠나야 했던 그 날
내 고요를 들썩이며
덜미 잡힐 그리움
예감했었기에
불현듯 소환된 너의 환영은
예정되어 있었으리라

시곗바늘은
추억의 궤적 따라
거꾸로만 가고
너를 향한 기억의 퍼즐은
밤을 길게 세워 놓고 있다.

언어의 궁핍

신성애

며칠 밤낮 창자를 뒤틀던
내 안의 빈곤한 시어들이
온기 없는 자궁 속에서
신음하고 있다

시간만 쪼아대던 감성은
너덜해진 종이만 토해 놓고
굶주린 허기는 마른 가슴 쥐어짜다
죽은 시어들만 삼킨다

궁핍한 언어는
긴 산통에 사산된 시를 낳고
부끄러운 열정은
죽은 시어 앞에서 탄식한다

죽어가는 시인의 가슴에는
생명 없는 시어들이 넘쳐나고
열정이 사라진 눈길은
어제의 썩은 쓰레기통만 뒤진다

진달래꽃으로

신성애

골짜기 능선을 따라
비명으로 사라져 간 넋
붉은 꽃잎은
선혈을 토하며 신음하고

불타버린 대지
뿌리를 내릴 수 없는 땅의
한 맺힌 독백은
기약 없는 세월에 머문다

들리는가
암울한 겨울
빼앗긴 대지의
폐허 속에 움트는
생명의 탄성이

아는가
붉은 함성이 터지는
4월의 소요를
골짜기 마다 떠돌던
두견새의 숭고한 이념이
꽃으로 부활하고 있음을

memo

>> 정지용문학관 문학기행

이민아 시인

1995 ~ 1999 '파란꽃잎' 쪽지편지 발행인

2012 공주여성문학 정회원

2013 '책 읽는 충남교육! 학부모 독후감쓰기대회'
공주시 학부모 부문 금상 수상

2014 대한문학세계 등단

(사) 창작문학예술인협의회 정회원

대한문인협회 대전충청지회 정회원

대한창작문예대학 졸업

문예창작지도자 자격 취득

현) 라디오 방송국 '파란꽃잎' 칼럼 작가

입시학원 강사. 논술지도교사

들꽃 시인

이민아

바람결에 하늘거리는 긴 머리카락으로
햇살과 눈 마주치며 살았는지
까망 얼굴빛을 한 나는
마음만은 하얀 눈꽃입니다.

하얀 안개 꽃 같은 축복도 피어났고
검붉은 가시밭이 찌르기도 했고
감사와 불평이 맴도는 곳에서도
시인의 이름표를 달았습니다.

송이송이 꿈이 익어
내게 시인의 날개가 생기고
날갯짓하는 시의 향기마다
이 산과 저 들판에 작은 꽃잎되어 바람과 놀게 하는
나는 들꽃 같은 시인입니다.

들꽃의 둘레에서
나는 시로 노래합니다.
나비를 부르는 꽃처럼
나의 숨결 담아 시로 꽃피웁니다.

별 이야기

이민아

별들이 걸어와요.
하늘에 세 들어 사는 별들을 다 모으고
다정히 나에게 속삭이며 다가오고 있어요.
내 기다란 머리카락 사이로 고운 빛을 피우고
그리운 이를 맞이하려 분주한 내 그림자 따라다니네요.
은빛 가루 닮은 별빛을 소복이 뿌려주고는
봄 꽃잎 따뜻이 피어난 그리움의 길에 먼저 마중 나갔나 봐요.
그대를 찾는 내 마음보다 촉촉한 별빛 손잡고 올까 봐
떨구는 눈물방울이 한쪽 비인 가슴에 묻히네요.
한쪽 비인 가슴에 그대 닮은 사랑 노래 머무르도록
별빛이 춤추는 별 물결을 같이 데려오네요.

나의 하루

이민아

얇은 손목 끝에는 둥근 지구가 있다.
아침 바람 차오르면
부드러운 햇살로 밥을 짓는다.
하늘이 햇볕을 머금으면
하이얀 마음 고이 접어 분필 잡고
꿈을 안겨주는 들꽃이 된다.
노을빛이 내 가는 길에 춤추면
내 영혼 쉴 곳에 머물러
꽃잎 따뜻이 피워 별을 노래한다.
둥근 지구 안에서 나는 마법의 옷을 입는다.
내 뜨락은 마법사가 된다.

요술쟁이

이민아

단발머리 까만 눈동자
작은 가슴에 별 하나 따다 심고는
너른 운동장을 달리며
쫓아오는 햇빛을 이기려 한 어릴 적
나의 모습이 별처럼 빛나고 있네요.

긴 머리 까망 얼굴
시로 노래하며 들꽃의 향기 피우려
별을 쳐다보며 걸어가는 하늘 아래서
살포시 젓는 달님 미소 닮으려 흉내 냈던
젊은 날의 나의 모습이 꽃처럼 피어있네요.

벚꽃 피는 4월에 아가의 엄마가 되고
시간은 별빛 달빛 사이로 물들어져
어느덧 나의 가슴에 곱게 물든 시인의 이름표를
바닷빛처럼 물결되어 달게 해주는
오늘날을 춤추게 하는 요술쟁이 되어 주네요.

엄마의 향기

이민아

눈꽃을 따고 장미꽃을 따다 곱게 빻은 빛깔
엄마의 입술에 벚꽃 닮은 연한 분홍색이
지금은 내 마음에 사랑의 숨결로 남아 있어요.

햇빛도 담고 시냇물로 헹구어 꾹 누른 빛깔
엄마의 손톱에 봉선화 닮은 어여쁜 빨간색이
지금은 내 눈에 그리움으로 물들어 있어요.

하늘 끝에 축복으로 태어난 끝자락 무지개 빛깔

엄마의 하늘거리는 옷에 코스모스 닮은 보라색이
지금은 내 손에 스치는 바람 되어 있어요.

분홍색 입술도 빨간색 손톱도 보라색 옷도
엄마의 거울에서 사라진 젊은 날의 보석이지만,
엄마는 언제나 꽃보다 아름다운 향기가 있어요.

진달래꽃 피는 달

이민아

진달래꽃 정원 나무의자에 앉아
두 손 모아 태어날 아가를 위해
축복의 씨앗을 심습니다.
엄마의 참 사랑의 눈물을 닦아
진달래꽃의 옷차림은
연한 붉은 빛으로 빛납니다.

따라오는 햇빛을 창가에 세워두고
진달래 꽃잎 향기 입 맞추어
아가가 숨 쉬는 생명 터에 뿌려 봅니다.
엄마의 참 사랑의 마음을 느끼며
진달래꽃의 꽃봉오리는
서둘러 봄빛 따라 피어납니다.

포근히 하늘가에 구름들이 춤을 추며
얄따란 바람결도 속삭이듯
축하함을 내 병실에 새기고 갑니다.
오랜 기다림에 아빠 닮은 작은 아가로
진달래꽃이 사랑스러움은
내게로 찾아온 최고의 선물입니다.

축복이 피어나는 부자

이민아

나는 마음이 가난한 자입니다.
하지만 나누기를 좋아하는 풍성한 마음 창고가 있습니다.
거리마다 걸인의 눈을 외면치 아니하며
그들의 주머니에 한 끼의 작은 희망을 담아주고
목마른 이들의 발을 쉬이 돌아서게 아니하며
그들의 두 손에 한 모금의 큰 감사로 반겨주는
금은보화 없는 소박한 나의 잔은
나눌수록 가득 채워지는 부자입니다.

나는 마음이 가난한 자입니다.
볕좋은 유럽의 주말 플리마켓의 쇼핑도
무엇 하나 럭셔리하지 않는 나의 삶이지만
남대문에서 골라온 소품은 보석이 되고
달님을 지붕삼아 꽃피는 벽화마을은 행복공간이며
햇살을 따서 뿌려놓은 벚꽃 길의 설렘으로
소박한 나의 잔을 닮은 마음은
축복의 영혼으로 피어나는 부자입니다.

또 하나의 나

이민아

연한 봄바람으로 빗질하여
까망 머리카락 살포시 올리고
저 하늘 햇살 한 조각 따다
꽃잎 위에 올려 아침을 맞이하리라

뜨락에 간밤 놀다간 별빛 뿌리고
숨은 낮별을 꺼내 심고
포근히 시를 꿈꾸며 날아올라
축복에 쌓여 아침을 노래하리라

콩밭 내음 떨어져
일그러진 머리카락 달아날까 묶고
긴 손가락 끝에 입맞춤하는 요리로
둥근 상은 살찌움의 꽃밭이 되리라

마당에 툭 툭 털어 걸친 내 님의 옷
한 아이의 곱게 물든 발자국 소리
파릇한 시간이 파아란 하늘가에
총총히 꾸미고 알알이 새기리라

보배로운 엄마께 드리는 막내딸의 마음

이민아

매일 매일 보고 싶고 매일 매일 불러보고 싶은 엄마.
엄마! 사랑해요.
아침마다 아침상을 차릴 때마다 엄마 생각나요.
엄마 좋아하시는 음식 차려 놓고
엄마랑 마주 앉아 드리면 좋을 텐데, 마음이 아파요.

젊은 날 혼자 자취할 때면 떡볶이 제발 먹지 말고,
귀찮아도 밥 지어 먹으라고 하시며
엄마 보고파 집에 갈 거라는 이야기만 하면
제가 좋아하는 부드러운 계란찜에, 초록색 동그란 호박전에,
고기 듬뿍 넣은 미역국을 끓여놓으시며
이부자리까지 예쁘게 펴주시는
엄마의 마음이 제 안에 행복이 되었어요.
지금은 엄마처럼 저도 딸아이의 엄마가 되어
보배롭고 소중한 우리 엄마 만나러 갈 때면
계란말이랑 호박전 예쁜 모양으로 만들고,
고기 잘게 썰어 미역국을 끓여요.
저 힘들까봐 속상해 하시면서 예쁘게도 만들고 맛있다고
좋아하시는 엄마가 아이 같아 웃어보아요.

시인이 되었는데 아프면 어떡하냐고,
건강해야 민아 좋아하는 시도 쓰고 칼럼도 쓰는 거라며
제발 아프지 말라 하시며, 육남매 중 막내딸인 민아가
제일 걱정된다고 가슴 떨리는 말씀을 하실 때
제 마음은 눈물로 가득차 있는거 엄마는 아실까요?

몇 번의 수술을 하신 후 약해지신 엄마를 볼 때마다,
엄마 없는 세상은 생각도 못하는데
제발 아버지랑 저희 곁에서
다정한 엄마 모습으로 오래도록 계셔야 돼요.

엄마!
엄마의 하얗고 고운 모습이 지금은
하얀 머리와 주름진 모습으로 비추어도
저의 눈에는 엄마는 하늘거리는 보라색 블라우스를 입고
다소곳이 두 손을 모으고 막내딸인
제 공연을 보시는 고운 엄마로 보여요.
엄마!
막내딸 민아가 범사에 잘되어 빛을 발하게 될 거예요.
그래서 사랑하는 엄마께 멋진 집도 지어드리고,
아름다운 곳으로 여행도 보내드리고,
막내딸 걱정하시는 주름살도 펴지게 해드릴거예요.
맘이 예쁜 엄마 딸은 사랑받기에
꼭 축복받아 좋은 열매 거둘 거예요.
그 날까지 저에게 사랑의 응원 보내주셔야 돼요.
엄마 사랑해요.
엄마라 부를 수 있는 이 시간이 저는 너무 행복해요.
행복을 주시는 엄마께
저도 행복 드리는 딸이 꼭 되어드릴게요.

촛불 안에 너

이민아

별처럼 예쁜 눈을 가진 나의 딸아
꽃처럼 예쁜 맘을 가진 나의 딸아
한 송이 피어나는 백합처럼 고운 향기 발하렴
작은 가슴에 촛불을 피우는 사랑을 심어
달빛 되어 별이랑 춤추며
꽃잎 되어 바람에 입맞춤하렴
뜰마다 꿈을 잃은 사람들이
너의 촛불 닮은 따사로운 웃음으로
하나씩 꿈을 안고 가기를 기도하렴
너의 기다랗게 펼쳐진 날들을
촛불의 밝은 옷차림처럼
꽃의 둘레에서 노래하렴

정찬열 시인

1949년 4월 전라남도 나주 출생
전남대학교 산업대학원 수료
전, 한국전기공사협회 본부 이사
전, 광주광역시 생활체육회 이사
대한문학세계 시 부문 등단
대한문학세계 수필 부문 등단
현대시를 대표하는 2014년 특선시인선 선정
명인명시 2015년 특선시인선 선정
언젠가 한번 쓰고 싶었던 이야기(수필) 출간
(광주학생 교육 문화 회관 주관)
대한문인협회 광주전남지회 정회원
대한문인협회 금주의 시 선정
대한창작문예대학 졸업
문예창작지도자 자격 취득
(사)창작문학예술인협의회 정회원
(사)창작문학예술인협의회/ 대한문인협회 現 사무국장

나의 자화상

정찬열

문양 고운 도자기
화려한 겉치레다.
둥근 차바퀴에
채워지지 않은 공허함.

비포장도로도
맨발로 달려야 하는
나는
물리고 돌아가는
시곗바늘

가난의 족쇄를
풀어야 하는 숙명으로
멍투성이 영혼을 끌어안고서
고희의 문턱까지
황소같이 달리고 있다.

멍에 자국 고통 잊으려
선택한 글
초로 같은 삼류 시인은
도전과 의욕만 앞세운
나의 자화상

망중한

정찬열

시간이 바닥으로 떨어져도
미처 확인할 틈이 없는 일상에
자아본능으로 싸대듯 하다 보면
중차대한 약속마저 까맣게 잊고 만다.

샛별 쫓아 시작된
하루가 저물어 갈 때면
천만근 된 발걸음의 무게로
하루의 끝자락에서 뚜벅뚜벅 걷는다.

피로가 덮친다.
두 눈의 동공이 희미해지고
짓눌린 무게를 바닥에 두고
침대에 등만 대면 나락으로 떨어진다.

지친 일과는 삶과
희망의 굴레 속에서
피로에 매달린 심연(深淵)의 일상
용솟음치는 꿈속 영화(榮華)의 환영(幻影)

벽시계

정찬열

댕! 댕! 댕!
베란다에서 새벽을 깨운다.
정시보다 늦은 종을 치며
의형님 정(情)이 서린 벽시계
사십 년 전 아들 돌잔치 선물이다.

2척(尺) 되는
고급 벽시계
힘에 부치는 느린 박자는
영면(永眠)하신 고인의 영상과 함께
시간을 거꾸로 돌리고 있다.

통학 길에
의형님을 만날 때면
내가 울려대던 자전거 풍경소리가
벽시계의 괘종소리로 태어나 추억을 깨운다.

혼(魂)이 담긴 골동품
구닥다리 벽시계의 타종소리
그리움 날개 되어
괘종 위에 살포시 내려앉는다.

영정 사진

정찬열

따르릉 전화벨이 울린다.
위독한 장모님 간밤을 지새우고
조금은 안정되어 근무 중 시간
눈에 번쩍 띄는 아내의 불안한 전화

영상 속으로 겹쳐지는 상념은
간밤 자손들이 울먹이며 지켜봤다
입을 막은 삼십 개월 요양 병상 생활
아내의 전화는 울음이 앞섰다

진정되지 않은 일손에
떨림이 앞서 지체할 수 없다.
서둘러 찾아간 장례예식장 빈소
영전에 국화꽃 속에 묻혀 계신 장모님!

화답 없는 사진은
조문객과 묵언의 고별을 지켜보며
나 또한 편안을 소원하는 묵시적 침묵
살아 계신 것만 같은 영령 앞에 묵상을 한다.

백아산 참꽃

정찬열

젖어 오는 땀방울 훔치며
가파른 경사에 끌리는 등산길
떼기조차 버거운 내딛는 발길
한숨을 몰아쉬며 사방을 돌아본다.

내다보는 바위틈 진달래꽃 무리
이곳은 절정을 이룬 연분홍 꽃
능선까지 빨갛게 타는 백아산
오고 가는 등산 길손 발목 잡는다.

치마폭 같은 꽃잎은 깔때기에 쌓여
수술은 열 개 끝에 검은 점 달려 있고
유혹하는 붉은색 긴 암술 하나라네
아마도 제꽃가루받이 하나 보다.

뒷동산 참꽃 꺾어 만든 꽃다발
예쁜 순이에게 건넸었는데, 그도
이맘때면 그 꽃을 간직하고 있을까?
붉은 꽃 천국에서 그 추억 찾는다.

보릿고개

정찬열

노란 봄볕이 따스하게 다가서면
긴 잠에서 깨어난 새들도
물오른 나무 위에서 노래하고,
땅 위에도 새 생명이 온 꿈틀거린다.

노란 봄볕 아래 눈을 지그시 감으니
학교에서 집으로 돌아오는 길가에서
서로가 경쟁하듯 삘기 뽑아 씹고
줄기 비틀어 송기(松肌) 빼어 먹고
산자락에 감꽃 주워 허기 달래며
빗물에 골진 곳에 황토 밥도 캐 먹던
어린 시절 추억이 아지랑이처럼 스멀거린다.

노란 봄볕 나른하게 내리쬐면
배고팠던 그 옛날 보릿고개
이밥에 고깃국은 생각도 못하던 시절
가난테미가 애잔하게 영상처럼 스쳐 간다.

동행

정찬열

부부라는 인연을
맺은 사랑의 동행자
형체 없는 사랑 속에 질곡의 40년
가정이라는 틀을 지켜 내기 위해
인생의 전반전을 허겁지겁 달려왔네.

부부는 자녀의
행복을 위한 동행자
일남 이녀의 아들딸을 낳아서
부모의 정과 사랑으로 키워낸 자식
아직 미혼인 막내딸 걱정은 남아 있고

부부는 생과 사를
같이하려 만난 동행자네
나이 어언 삼 년 후면 고희가 되고
아내는 진갑의 나이에 접어들었다.
어느 한 사람만 아파도 어려워지지

부부는 인생과
가정을 위한 동행자
살다 보면 근심고통이 누구나 따르는 것
서로의 아픔을 사랑으로 보듬고 책임지며
원앙새처럼 살아가야 하는 동행자입니다.

추억의 영상

정찬열

썰매 타고 연날리기하던 시절
철없던 그 시절 그리움으로 다가오고
시래기죽 호박죽 끓여 먹던 그 시절
찐 고구마에 물김치가 제격이었지

나날마다 짚단을 메로 쳐서
호롱불 아래 새끼 꼬던 그 시절
편안했던 기억도 전혀 아닌데
그때 시절이 왜 그리 그리워질까?

세월은 가고 변해도
늙지도 않는 그리움은
논둑 산길 십 리 걸어 다니던 학교길
지금은 기억에만 남은 자취도 없는 길

육십도 중도를 넘어선 기로에서
마음은 늙지 않은 그리운 추억은
한 줄 한 줄 엮어지는 세월 속에
지금도 그 길을 여전히 걸어가고 있다.

비 내리는 5월

정찬열

석양 노을도
떼구름에 묻혀가고
초저녁 별마저 삼켜버린 초야

햇살 곱던
오월의 따스한 바람에 피워진
춘삼월 벚꽃처럼 흐드러진 이팝나무 꽃
무심한 비바람에 낙화 되어 구른다.

다음 해를 기약해도
가는 봄이 아쉬운데
꽃 비 잠재우려 가랑비 내리는가.
이는 바람 시샘에 눈물 흘린다.

초록이 짙어가는
춘하지교(春夏之交)에
세월에 쫓기듯 이팝나무 꽃을 보노라니
야속한 비바람은 꽃 비 쓸어 여름으로 떠난다.

소망 빌던 어머니

정찬열

우리 어머니
소반 위에
촛불 밝히고
쌀 한 됫박 하얀
그릇에 담아
정한수 떠놓고
자식들의 무운을 빌던
당신의 마음이 촛불 속에서
어머님의 가슴으로 빌어준 소망
우리 칠 남매를 위해
빌고 빌던 어머니 은덕을
이제야 더듬어 알 것만 같은
뜨겁게 달구어진 내 가슴은
당신 안에서 불타는 촛불!

memo

>> 대한창작문예대학 강의실

정태중 시인

경기도 시흥시 거주

2006년 대한문학세계 등단 및

(사)창작문학예술인협회 정회원

대한문인협회 경기지회 정회원

대한문인협회 금주의 시 선정 (2013, 2014, 2015)

2006년 특선시인선 선정

2009년 특선시인선 선정

2015년 명인 명시 특선시인선 선정

대한창작문예대학 졸업

정도(正道)의 눈

정태중

눈을 감은 채 혼자였어
고독을 씹는 것도
상념에 사로잡힌 것도 아닐 테지

스스로 웃고 울 줄도 모르지만
짧은 순간 셔터가 눌러지기까지
초점 링이 흔들리는 것은
피사체에 대한 두려움일 거야

보렴, 물고기의 가시와 외눈에 박힌 가시
절름발이 세상에서 그 가시를 빼면
바다에 침몰한 눈물과 썩은 강물의 비린내도
번뜩이는 섬광에 진실의 꽃으로 필 거야

미로 같은 디지털 세상에서 눈을 크게 뜨렴
초점 잡힌 오늘을 출력한다는 것은
굴절된 것들에 대한 희망의 투시경 되어
셔터 아웃 그리고 숙명적 로그아웃 이란 걸

강물 같은 사람

정태중

서툰 언어로
때로는 눈빛으로도 알아볼 수 있는
둥지 하나 짓고 있습니다

애벌레가 껍질을 벗고 힘차게 나비가 되는 날
우리의 언어는 자유로운 날개 되어
꽃의 향기를, 어둠 밝히는 희망을
세상의 길 위에 펼쳐야겠습니다

서로의 향기가 달라
그대는 산, 나는 강으로 간다 해도
어느 순간 마주할 인생길 위에서
맑은 하늘을 함께 보고 싶습니다

불꽃 지는 날
길 없는 길 위를 유유히 흐르는 물과 바람처럼
들꽃의 미소와 아리 한 쌍 찾아 드는
강물 같은 사람이고 싶습니다

기도

정태중

들어 주소서

온전히 어둠 밝히는
빛의 고달픔
세월이라는 촛대에 포박당한 채
시간은 멈춰 버렸습니다

언제쯤
밝은 빛으로 떠올라
어둡고 추운 기억의 포승줄에서
자유로워질까요

생채기 가득한 두 손에
작은 불씨 하나 밝아지기를
어린 세 살배기 손 위에서도
희망의 기도가 들리는데

작은 촛불들이 모여
진실을 밝히려는 어울림과
어머니의 간절한 절규에
암울한 이 땅이 밝아지기를

나는 간절함으로
힘 없는 손에 촛불 하나 밝히나니
임이여! 들어 주소서

들꽃의 눈물은 향기롭다

정태중

그토록 봄을 기다리는 이유가
밀어의 꽃을 피우기 위함이었던가?

화려함으로 어우러진 네온 빛의 유희,
꺼지지 않는 화등 속으로
불나방처럼 뛰어든 나는
광란의 밤이 지나고
거리를 뒹구는 쓰레기였다

길섶의 작은 들꽃에
아롱지고 여린 꽃망울 속 이슬,
그 맑은 향기를 보지 못 하고
화분 속 구릿한 냄새에 매독 된 시간

조각된 야화로 얼룩진 축제의 뒤안에
가녀리고 때로는 수줍게
소리 없이 이슬 머금고 피고 지는
이름 없이 핀 들꽃의 향기를 품어야 한다

오월에 띄우는 편지

정태중

바람이 전하는 연초록 속삭임에
간지럽다는 듯 흔들리는 나무

계절을 잊고서
안부 없이 와 있는 푸른 이파리들
바쁘다는 핑계로 보지 못 했다오

사랑하는 이여! 무심타 하지 마소

아름드리 피웠던
무성한 꽃들의 향연
꽃씨 흩날린 대롱에 고인 빗물
모두가 그리움의 흔적이라오

사랑하는 이여!
바람 흐르고 꽃 진 자리 빗물 스미었듯
그대라는 나무에 가을이 물들기 전에
마음 가득 푸른 향기를 담으려 하오

부디
그대 옷깃에 비람(毘藍) 지나거든
오월의 바람이 되어 안부를 전하려 하니
계절을 잊은 듯 하지는 마소

마음 한쪽에 기대어

정태중

개울가 송사리떼 놀고
청보리 무성한 밭길
장난꾸러기 소년이 삘기 뽑던 곳

목장 길 따라 오르던 산길에
칡넝쿨 베어 줄을 매달고
밀림의 왕이 되었던 곳

무성한 잡초 더미
그 속에는 따뜻한 흙의 향기 있었고
흙 속에 쓸려가지 않은 추억이 있어

자운영 흐드러진 논길에
희미한 발자국 소리 들리는 듯
아련한 추억을 주우며

시멘트 벽처럼
굳어만 가는 마음 한쪽에
중년의 남자가 기대어 서 있다

어스름한 저녁
그림자 눕는 줄 모르고 깔깔대던
띠 뿌리 단내 아련한 그때가 그립다

란(蘭) 꽃 피어나니 내 마음도

정태중

작년 겨울
어느 촌로의 화선지 위에
묵직한 먹빛으로
잎사귀 두엇 닢 누워 있었다

바람은 차고 눈이 쏟아지던 날
화선지에 점 점들이 늘어났고
그것이 뿌리를 덮는 흙이었음을
봄이 온 후에 알았다

화선지에도 사월이 오고
누워 있던 잎사귀에 생기가 돌아
어느새 곁가지
푸른 잎 금테 띠고 뾰족이 서 있다

두꺼운 먹빛이 얇아지는 오월
촌로의 인기척 대신 난 꽃 한 송이 피고
내 마음속에는 꽃망울 가득
그리움의 향기가 움트고 있다

누구에게나 상처의 흔적은 있다

정태중

기둥
깊숙이
박혀있는
못 하나 빼어 들었습니다

대못 머리가 망치에 두들겨 맞고
오랫동안 사람들의 손때로
제 모습을 잃어버렸기 때문입니다

정지된 세월이 빠져나간 구멍으로
바람이 들락거리며
고통의
시간을
어루만질 즈음

조여오는 아픔은
어둑한 괴로움이었을 것입니다

누가 먼저랄 것도 없이
모두가 상처를 안고 삽니다
가슴에서 아픈 못 하나 빼어
기둥 옆에 가지런히 놓았습니다

환경 조사서

정태중

어린 시절 학교 가기 싫은 적 있었는가?

새 학기마다 가정방문 조사서가 있었고
무 학력의 홀어머니와
신제품이라곤 석유곤로가 전부였기에
여백에는 아무것도 채울 수 없었던 시절
그 유년의 기억이 말라붙은 이끼처럼
내가 아버지의 나이가 된 오늘
쉬이 떠나지 않고 딱지처럼 붙어 있다

밥먹는 평등마저 외면하고
가난 증명서를 스스로 발급해야 하는 일이란
맑고 푸른 가슴에 철못을 박는
가정방문 보다 혹독한 상처이리
자본의 철밥통 법안에
솥단지 바닥이 뚫릴 정도로 긁어 대는
삼지창 끄트머리 뚝뚝 떨어지는 밥물

마른 혀끝이 찌릿하게 아프다

들꽃의 향기

정태중

작은 들꽃의 향기를
마음에 담으면
내가 들녘이 되고 꽃이 된다

따사로운 햇볕과
고요한 바람이 지나간 저녁

때로는
무서운 밤을 보내고
새벽이 오고서야 안도하며
작은 들꽃은 그렇게 꽃을 피웠다

새벽이슬이
어제는 눈물로 떨어지고
오늘은 다시 생명수가 되어

한줌 햇살과 바람에
끝없이 감사하며
척박한 땅에서 꽃을 피우고

아무도 없는 곳
묵묵히 향기를 피우며
외롭다 하지 않는 들꽃은

어머니의 숨결처럼
꽃잎 하나마다
포근하고 경이로움 물든다

memo

>> 대한창작문예대학 강의실

조위제 시인

경남 함안 출신
부산시청 공무원
건설회사 25년 근무
현) 자영업
대한문학세계 시 부문 등단
대한창작문예대학 졸업
문예창작지도자 자격 취득
(사)창작문학예술인협의회 이사
대한문인협회 대전충청지회 정회원
논산문인협회 정회원
수상
(사)창작문학예술인협의회 주관
한국문학발전상
한국문학 향토문학상
2012 8월 금주의 시 선정
2013 7월 이달의 시인 선정
2014 한 줄 시 짓기 공모전 동상
2012 전국시인대회 장려상
2013 명인명시 특선시인선 성정
2011 명인명시 특선시인선 선정

문방사우(文房四友)

조위제

검은 비석 같은 먹이
물먹은 펑퍼짐한 벼루를 애무한다.
점 하나 없는 화선지에
붓이 춤을 추다가
목 타는 갈증을 참지 못하고
붓이 갈필에 주저앉아 버렸다
먹물 한 모금 벌컥 마시고
힘겨워 흐느적이던 춤사위가
성난 파도처럼 휘몰아친다.
함께 있어야 온전한 하나가 되는
숙명 같은 운명이
한 폭의 수묵화를 그린다.

회상

조위제

남남으로 만나
너 없인 못산다고
뜨거운 열정으로
부부의 연을 맺었다
이별의 그림자는 야금야금
행복의 울타리를 잠식하는데
아픈 이별은 남의 일이라
외면했던 것이 서운하던가.
사랑의 기쁨과
이별의 쓴 아픔을 남기고
독하게 떠난 사람!

깨진 이별의 파편에
마음을 베었다만
곁에 있을 때 품어주지 못한 마음
그대의 남겨진 그림자에 설움을 토한다.
아파한다고 돌아올까
원망한다고 되돌아올까
체념한 세월
오늘도 그대의 안녕을 빌어 본다
그리움에
행복 가득한 미소 머금은
그대의 사랑 가슴에 안고서.

가난

조위제

허기진 가난은
흙으로 배를 채웠다.
멀건 국물의 피죽도
그나마 가진 사람의 몫이었다.
물 한 사발이 반찬이고
흙이 밥이었다.

꽁보리밥은
배고픈 자의 배부른 가난이었다.

말건 죽 한 사발
허겁지겁 넘기고 나면
궁핍은 아가리를 벌린
고무신에 걸터 앉았다.

찢겨진 궁상에 바람이 분다.
반짝이는 구두발에 밟힌
빛바랜 가난이
추억에 그림자로 남아 있다.

흔적

조위제

뜨거웠던 사랑의 파경 뒤에
작은 벌레가 뜯어 먹은
구멍 숭숭 뚫린 가슴이다.

구멍 나고 찢겨서
가슴앓이로 멍든 가슴에
싸매 두었던 마음에 상처

아무도 밟지 않은
모래밭에 남겨진 내 발자국도
파도의 위로에 지워지고
바람의 속삭임에 희미해져 가겠지!

싸맸던 상처 도려내어
흘러가는 시간 위에 던져주고
흔적마저 갈매기의 먹이로 내어 준다.

카메라

조위제

똑똑한 눈을 가진 너
윙크 찡긋 한 번에
무섭게 내리는 소낙비 속의
번쩍이는 번개도 담아내고
수평선 끝에서 이글거리며 솟는
일출도 담아내고
때로는
못된 파파라치의 손에 잡혀
순간포착을 노리지만
오늘은 따뜻한 내 손을 잡고
봄이 오는 길목에서
꽃 소식을 담아 보자.

진달래

조위제

두견새 울고 가는 산골짜기에
벌거벗은 가지 끝에
고운 연두색 치마도 못 입은 채
연분홍 저고리 입고

아직도 차가운 개울물에
꽃 그림자 드리우고
임을 그리는 상사병에

두견새가 그 사연을 알기나 하듯
그믐밤 눈썹달을 보고
피맺힌 울음소리 소쩍소쩍
이 한밤을 지새우네

시계

조위제

내 일생에 주어진 시계는
지금 이 순간도 쉼 없이 잘도 간다.
엄마의 탯줄을 끊고 태어나
생의 마지막 순간까지 갈 것이다.
한 번 왔다가 가는 내 인생

내 일생의 시계 멈추는 날까지
타인으로 부터 욕먹지 않고
부끄럽지 않은 삶을 살아야겠지
좋은 사람 아까운 사람이었다고
아름답고 고운 흔적을 남겨야 할 텐데…

촛불

조위제

엄동설한 긴 겨울밤
창밖은 북풍한설이 울고 간다.
내 작은 방에 촛불 하나 켜놓고
애타는 그리움을 더듬는다.
문틈으로 들어오는 불청객에
문풍지가 파르르 운다.
흔들리던 촛불의 눈물이 주르륵
가슴 밑바닥에
잠자던 옛 추억을 깨워서
잠 못 드는 이 밤에
그리움을 켜고 앉았다.

첫눈

조위제

이천십사 년의 푸른 말이
가쁜 숨을 몰아쉬며 달려온
열한 달의 숱한 사연들
온 국민이 함께 슬퍼했던
가슴 아픈 세월호의 참사도
흐르는 세월에 묻고

달랑 한 장 남은 달력

십이월의 첫날에
잿빛 하늘에서
하얀 겨울이 소리 없이 내린다.
앙상한 나무 위에
솜이불을 덮는다.
꼿꼿이 서서 흔들거리던 갈대도
하얀 솜 모자를 쓰고 고개를 숙인다.

하늘에 계신 어머님께

조위제

어머님 오늘도 평안하신지요?
하늘나라 가셔서 먼저 가신 친인척분들과
만나 보셨겠습니다.
외할아버지 외할머니 이모님들도 편히 계시지요?
아버님도 만나셨지요?
어머님께서 애지중지 키워주신 우리 삼 남매는
어머님의 염려 덕분으로 잘 지내고 있으니
조금도 걱정을 하시지 않으셔도 됩니다.
생전에 어머님이 원하시던 대로 외할아버지
산소 밑에 우리 삼 남매의 눈물과 함께 어머님의
유골을 뿌렸습니다.
매년 벌초 때마다 찾아뵙고 인사 올리겠습니다.
그곳 하늘나라에서는 부디 장애 없으신 건강한
몸으로 환생하셔서 어디든 가고 싶은 곳 자유롭게
다니시고 행복하시길 간절히 소망합니다.
하늘에서 내려다보시고 지켜봐 주십시오.
또 어머님이 그리울 때 또 편지 쓰겠습니다.
편안히 계십시오.

못난 불초 소자 올림.

memo

허남식 시인

경남 진주시 출생

충북 청주시 거주

대한문학세계 시 부문 등단

(사)창작문학예술인협회 정회원

대한문인협회 대전충청지회 정회원

대한창작문예대학 졸업

문예창작지도자 자격 취득

나를 찾아서

허남식

거울 속에 내가 있다
거울 속의 모습 나와 얄밉게도 닮았다
나는 아직도 젊은데 거울 속 나의 이마에는
삶의 나이테가 건곤이감의 괘보다도 깊게 패였다

주름살을 지난 삶의 훈장처럼
이마에 긋고 먼 산으로 시선을 옮긴다
나는 저 푸른 산과 같건만
거울 속의 나는 서릿발 성성한 산과 같다

내 삶이 저 산 몇 고개를 오르내렸던가
엎어지고 넘어지고 끌어주고 밀어주고
살가운 피붙이와 함께 하며 불혹을 맞았다

산 정상에서 발 아래 세상을 굽어보며
큰 꿈을 꾸었지만 바람은 날 가만히 두지 않고
가파른길 달려 내려 또다시 굽은 돌길을 오른다

나를 찾아서
어제보다 더 나은 내일의 나를 찾아서
아홉 고개 수수께끼 같은 굽은 돌길을
오늘도 내일도 모레도 거침없이 오르련다.

텅 빈 가슴

허남식

텅 빈 가슴을 않으며
그네들에게 꽃처럼
향기로움 머금을 수 있는
담대한 가슴을 소망하며

오늘 밤은 둥근달이 있어
외롭지 않지만
보름의 동그런 달은
그믐을 향하여 기울어 간다네

어느 날부터인가
내 가슴에 둥근 달이 떠있네

텅 빈 가슴을 안고 살아갈지라도
내일은 가득 차게 살겠소…

멈출 수 없는 나

허남식

온통 나만이 존재했던
시간이었다
지나가 버린 과거의
시간이 아쉽다

다가올 미래를 꿈꾸고 있는
희망의 새싹이 돋아나
방긋 웃기를 기다리고만 있다

이대로 멈추어 버리면
영영 사라질 것만 같아서
오늘도 시계추 따라 달린다

외눈을 가진 친구

허남식

외눈을 가진 너는 외로운 방랑자
번쩍번쩍 밤 도깨비처럼
사방으로 튀기는 불꽃

두 눈을 가진 사람들보다
섬세한 더듬이를 가졌나
보기 힘든 장면을 담았네

사랑하는 사람의 얼굴과
아름다운 추억의 한 토막이
고스란히 담겼네

이만치에서 들여다보면
문득 외로운 날들이
흐뭇한 미소로 채워진다네

주름진 얼굴 곱게 단장해 주고
멋진 신사. 숙녀로 탈바꿈해 주고
행복한 순간들 놓치지 않는
너는 요술쟁이라네

추억의 흔적

허남식

어느 작은 꿈을 키우던 소 루지처럼
꽝꽝 얼어붙은 가슴 위로 얼음 지치던 추억이
쩡쩡 어설프게 울리며 천진난만했던
어린 흔적도 깡그리 녹아버린 날

동구 밖 어린 가슴을 찢어 놓던 서릿발 같은 추억
또한 세상이 변화되고 먹고 먹힌 추억
세월 속에 먹혀 녹고 녹아 봄꽃이 피었다

그렇게 녹아내린 낙화한 자국이
지금은 그 상처 속에 움트는 새싹 같은
흉터를 지우는 치유하는 날이 되었다

언젠가 이것도 흘러 추억의 흔적이 되겠지.

진달래

허남식

진분홍빛 봄을 기다린다
비탈길 오르는
꽃사슴 눈망울 같은
봉우리가 부풀어 오르면

당신의 입술처럼
촉촉한 봄이 열리네

늘 이맘때면
온 세상을 뒤집어 놓는
산기슭의 너 진달래

나 그대 진달래를 사랑하노라고
늘 부푼 가슴으로 봄 마중 나가네
그해 긴 겨울을 벗어나려고

두견화(杜鵑花)

허남식

짙은 운무 밀려와
한치 앞을 볼 수 없어
짙은 보라 꽃송이 피웠네

두견두견 목청 남기며
메아리 처럼 울려 퍼지는
그대 눈물

기약 없이 왔다
기약 없이 떠나지만

내 눈물 한 방울
꽃으로 피우고
두견새는 떠나가네

목련화

허남식

꽃 바람 지나간 가지마다
수줍게 고개 내밀더니
지난밤 곱게도 피어났네

홀로 긴 밤
산고 치르느라
바람에 사시처럼 떨었구나

하늘에 떠 있는
구름처럼 가지 마다
하얀 등불 밝혀 주니

어둡던 나의 마음
눈부신 자태에 눈을
뜰 수 없어라

들꽃

허남식

끈질긴 영혼이여
거친 대지 위에 소리 없이
한 폭의 생명을 피우고
메마른 육신의 목마름을 견디며

한 잎 한 잎
질기게 피어나는 꽃
거북이 등처럼 갈라진 황무지
영혼을 피우고 생명을 피우는 그대

비바람 몰아쳐도 꺾이지 않는
다부진 생존력으로 견디는
대지의 수호자
그대 이름은 들꽃이어라.

회상

허남식

지난 그리움
돌아본 회상
살포시 고개 들어
차갑게 식어 버린
가슴속 한 귀퉁이에서
기약 없이 무장 흘러만 가네

뜨겁게 타오르던
그 사랑 잃지 않으려
안간힘을 쓰던 많은 날

뭉근히
고요한 강 물속
잔잔한 마음결로
아직도 사랑하는 너를
기다린다네

뜨겁게 사랑하던 그곳에서

memo

>> 대한창작문예대학 강의실

허욱도 시인

경남 창원 거주
대한문학세계 시 부문 등단
대한창작문예대학 졸업
(사)창작문학예술인협의회 정회원
대한문인협회 부산경남지회 정회원
문예창작지도자 자격 취득
시집 "목련 그늘 아래서"

자작나무

허욱도

가지마다 방긋이 인사하는 초록들을
그리워하며 마시는 술
허연 속살 드러내고 보니
내리는 빗소리마저 쓸쓸해 눈물이 흐르고

모질게 견디어온 시린 세월을
뒤돌아보며 마시는 술
허물 벗겨진 몸은
아쉬운 날들이 너무 많아 가슴이 아리다.

앙상한 몸으로 모진 시간 버티며
나이 반을 넘기며 마시는 술
한 맺힌 가지가지 마다 인내하는 초록을 보니
마시면 못 일어날까 걱정

지나고 보면 아득한 추억될 오늘이라
이제는 날 위해 마시는 술
같이 해주는 빗줄기 그칠까 봐
자작나무는 취하지도 못한다.

초침의 넋두리

허욱도

없는 듯 돌고 돌다가
어쩌다 마주치는 얼굴
늘어난 태엽 보며 분침은 눈물 글썽인다.
돌아서면 또 멀어질 타인이 될 터인데
초침 생각하는 효자인 척한다.

먼 타향에서 우는 뻐꾸기 울음소리
어머니를 닮았다.
흙 속에 묻힐 날만 기다리고 있는 육신
낳은 게 죄인 양 지팡이 의지해 일터로 향하고
분침의 거짓 연기에도 가만히 웃어 준다.

숨 가쁘게 돌아가면서도
어디 아프지 않은 지
밥은 먹고 다니는지
자나 깨나 분침 걱정
육신은 일터에 있어도
마음은 언제나 동구 밖을 서성인다.

그리움은 주름살에 앉고
더 주지 못해 아파하는
초침의 넋두리에 심장이 무너진다.
소복이 내려앉은 흰머리에
시침의 목소리가 그립다.
초침을 닮아가는 분침은 심장이 뜨겁다.

담배의 유혹

허욱도

내 마음 어찌 알고 기다릴까
아침 출근길에 이러면 안 되는데
살살 눈웃음 지으며 늘씬한 몸매로
한껏 유혹하니
돌부처도 아닌 내 마음은
갈대가 되어 흔들흔들한다.
자욱하게 안개 피우자고
내 마음을 두드리며
누가 이기나 줄다리기 하자고 하는
내기의 고수다.
바뀌는 계절처럼 갈피를 잡지 못하니
먹구름이 천둥 번개를 불러
구도를 바꾸어 건강을 볼모로 삼아도
잠시 풀어진 마음 고쳐먹고
빠르게 피사체를 잡아낸다.

흔적(痕跡/痕迹)

허욱도

속세의 인연 두고, 그리움은
세월 따라왔다가 사라져 갈 텐데
지나온 세월의 더미에
또 일 년을 얹어 놓는다.

가슴속에 자리 잡고 있을 땐
시리도록 아파도, 떠나고 나면 그만.
급한 걸음으로 쫓아가면서
힘든 사연 또 하나 남긴다.

인연의 강 거스르며 보내는
깊은 암자 스님의 세월에도
백팔염주 들고 탑돌이 하는 걸음걸음
그리운 속세의 발자국을 남긴다.

사는 건 마음 먹기 나름
구름처럼 흘러가는 세월 속에서
고개 돌려 주변을 보며
행복한 마음의 자국 만들어 가련다.

어둠 속에서 두견새는 울고

허욱도

산자락에 핀 진달래 그리워
추적추적 내리는 비를 맞으며
세상이 고요히 잠든 시간
어느덧 마음은 고향을 향한다.

바람 타고 다가온 분홍 꽃향기
아침까지 코끝을 스치고
온통 질붉게 물들이던 진달래와
아쉬운 작별의 눈물을 흘린다.

어둠 속 두견새의 애끊는 소리
밤새 피를 토하며 진달래를 적시며
떠나기가 아쉬워 울고
내리는 빗물이 나의 눈가를 적신다.

빗소리는 어둠과 함께 걷히고
뒷동산 진달래의 앙상한 가지에도
청량감을 안고 돋아난 새순이
푸른 잎으로 다시 단장한다.

다 그렇게들 산다

허욱도

비바람 속에서 숨을 몰아쉬며
힘겹게 걸어온 거친 오십 리 길
깔딱 고개 올라서 뒤돌아보니
부는 바람과 같아 손에 쥔 것 없고
한숨만 내쉬며 마음을 달래보지만
두둥실 떠가는 구름과 같다.

고갯길 넘어 내리막길을 향하고
어느덧 흰머리 희끗희끗한 오십 줄
풀린 다리 지팡이에 맡기고 보니
모든 것이 빛과 그림자 같고
세파에 부딪히며 돋아난 생채기가
더께 앉은 삭정이와 같다.

봄비의 양면성

허욱도

억수 같은 비가 내리니
젖지 않는 옷이 유행하려나
야외용품 가게마다
신상품을 내어 놓고 봄 마중 한창

온종일 비가 내릴 것 같은 날
도란도란 얘기하면 좋을 텐데
피어날 봄날 생각에 들떠
봄 마중하느라 대이동을 한다.

이젠 그만 와도 좋으련만
아직도 창문에 방울방울 맺히고
젊어지려는 이들이 많아지는 추세에
마음속 봄의 시작이고

봄 마중 망치고 한바탕 쏟아지던 비
흙먼지가 날리는 가뭄엔 단비 되고
비 그치면 맑은 하늘도 보여주니
세상에는 생기가 돌고 싹이 움튼다.

까만 촛불

허욱도

잊을 수 없다.
저 통곡의 바다
눈에 넣어도 아프지 않은데
차가운 바닷속에 너를 두고 울부짖는다.

다시는 말 못할까 봐 지금 말해준다.
애들아! 사랑한다.
우리 살아서 만나자
꺼져버린 촛불이 가슴에 멍으로 남았구나

살려달라는 애절함이
사랑한다는 간절함이
하늘에서
피눈물 되어 흘러내린다.

묵묵한 마음

허욱도

꼭꼭 닫아둔 마음의 빗장에
소슬바람 불어와 두들기니
바람의 향기가 그립다.

얼어붙은 겨울은
꽃향기에도 빗장을 열지 못하고
얼음 구덩이에 쪼그리고 앉아
어둠에 잠식된다.

바람의 향에 비가 묻었다.
대지가 들썩이는 소리에
심장이 쿵쾅거린다.
한 줄기 햇살
어두운 창가로 스며들 때
닫혔던 빗장을 슬며시 걷어본다

걸었던 빗장을 풀고 다가와
마주 보고 있으니
닫혔던 마음
세상 밖 소슬바람 향기에
아!
눈물이 난다.

목련의 깨달음

허욱도

얼마나 비워야
근심 없는 하얀 미소 지을 수 있을까
얼마나 견디어야
스러지는 아픔도 초연(超然)할 수 있을까

눈부시게 새하얀 꽃잎은
도도하게 아름답지만
부끄러운 듯 시선을 내린다.
여린 듯 강한 자태가 눈부시다.

퇴색하지 않은 것이 있을까.
화려하게 눈부시던 꽃잎도
황토빛으로 시들어 바닥을 향하지만
꼿꼿이 세운 꽃술 하늘을 찌른다.
스러짐도 도도한 모습이 아름답다.

얼마나 흔들려야
흔들리지 않을 수 있을까
미풍에도 고개 숙여 울음 울고
한 줄기 빛에도 절망을 안고 사는 나약한 인생
얼마나 더 견디어야
목련의 깨달음을 닮아갈 수 있을까.

memo

>> 대한창작문예대학 강의실

홍대복 시인

대한문학세계 시부문 등단
대한창작문예대학 졸업
문예창작지도자 자격 취득
(사)창작문학예술인협의회 정회원
대한문인협회 발전위원장 역임
현재, 대한문인협회 경기지회 지회장
(사)한국문인협회 회원
노을 시 낭송회 이사 역임
대한문인협회 올해의 시인상 수상(2011년)
전국 시인대회 장려상 수상 (2012년 9월)
대한문인협회 시화전시 우수 작품상 수상(2012년 12월)
한국문학 예술인 금상 수상(2012년 12월)
현대시선 문학 가을愛 시낭송 대회 대상 수상(2013년 11월)
한국문학 우수작품상 수상 (2013년 12월)
한 줄 詩 전국 공모전 장려상 수상 (2014년 6월)
순우리말 글짓기 전국 공모전 장려상 수상(2014년 9월)
현대시를 대표하는 명인명시 특선 시인선 선정
대한문인협회 금주의 시 선정
대한문인협회 이달의 시인 선정
현대시선 문학 오대산 한옥 마을 시비 공모작 선정(2013년 9월)
명인 명시를 찾아서 아트TV 인터뷰 방송 출연
대한문인협회 낭송시 우수작 선정
시집 초련화 출간

소양강에 부는 바람

홍대복

이른 봄
두견새 울음 따라 불던 바람도
싱그러운 꽃향기를 품어 안고
길게 누운 강 언덕 하얀 찻집에 쉬어 간다

녹음 품은 소양강에 물비늘이 뛰어놀 듯
사랑 담는 은빛 사연 물결 위에 춤을 추고
연인들의 추억 만들기 찻잔 속에 머무른다

어느덧 하루해 기울어
하늘가엔 뉘엿뉘엿 노을빛 물들이니
소양강에 불던 바람도 북적이던 인파도
눈바래던 내 발길 뒤로 한 채
여객선의 뱃고동처럼 적막한 어둠 속으로 흩어진다

인재의 덫

홍대복

이른 아침 긴 어둠을 밀어내며
여명을 뒤덮는 연기처럼 뽀얀 안개
스멀스멀 파고드는 저주의 외침을 듣는다

아비규환의 절규
악마의 부르짖음은 삶 속에 녹아들고
전광석처럼 번뜩이는 한 찰나의 연쇄 추돌

무대 위의 일막, 일장
짧은 외침과 암흑 속의 장막은 오르고
혈흔으로 얼룩져 뒤엉킨 비극의 피비린내

두려움과 공포에 덮여 버린 삶의 무대
두터운 장막이 내려진 어둠 속에서
덫의 고리를 풀고
다른 장을 이어 나갈 연출자의 몫을 묻는다

여백

홍대복

달콤한 생명수 촉촉이 단비 적신다
꽁꽁 얼어붙은 땅속에서
긴 겨울 동안 호흡해 온 고귀한 생명체
아름다운 생명의 잉태를 위해 발버둥치며
꿈틀꿈틀 움츠렸던 몸 기지개 활짝 켠다

어둠 속에서 채우고 준비한 따뜻한 공간
긴 잠에서 깨어나 그 틈 살며시 비집으며
얼굴 내밀려는 화려한 봄날의 멋진 외출
아직은 때 이른 듯
세상 구경 수줍어서 파르르 손사래 친다.

장엄한 죽음

홍대복

가장 어두운 곳에서
별처럼 빛나는 주황색 천사
그대의 고귀한 희생과 봉사는
불철주야 살신성인 촛농 녹이듯
거룩하게 타오르며 어두운 세상 밝혔다

별처럼 반짝이는 순결한 사랑이기에
절망과 아비규환 속에서도
소중한 생명의 존귀함을 저버릴 수 없어
불길로 뛰어드는 그대의 숭고한 희생
화마 속에 사라진 등신불의 성찰 장엄하다

가면 놀이

홍대복

상생이란 양의 탈 뒤집어 쓰고
쭉정이뿐인 근로자의 권익 보호
허울 좋은 명목으로 짖어대는 사측 똥개
사모관대 흡혈귀의 가면 놀이 흥에 겹다

하늘이 내린 억대 연봉 귀하신 몸
진흙탕에 나뒹구는 최저 임금 천하신 몸
비리와 부패로 얼룩진 버려진 양심
나 모르쇠 답변 아래 빈부 격차 각혈한다

행복한 동행

홍대복

미운 투정 고운 투정 안고 살아온 인생길
예쁜 꽃잎처럼 화려하지는 않았지만
불모의 가시밭길 일구면서
행복의 열매 맺기 위해 걸어온 긴 여정
어찌 풋풋한 과일처럼 싱그럽기만 하였겠소

때로는 비에 젖고 바람에 흔들렸지만
잡초같이 모진 세월 이렇게 잘 견디어 왔잖소
애환과 슬픔에 젖은 과거와 현실
인연으로 지켜 온 여로 가만히 돌아다 보니
그대와 동행한 길 나에게는 참 행복이었소

너와 내가 하나 되어 이해하고 배려할 때
사랑과 행복의 싹 움튼다는 소중한 진리와
부족함을 미덕으로 감싸주던 포근한 사랑
온유한 그대와 교감함은 커다란 기쁨이요
아름다운 여행길에 진정한 동반자라 생각하오

가난한 삶

홍대복

의식주마저 사치인 찢어지게 가난한 삶
베이비붐 세대인 내가 지나온 여정이다
피폐와 궁핍한 과거의 생활이란
허기 곱씹으며 냉기 품은 빈곤 바닥에 누웠다

세태에 휘어진 나의 삶 또한
가난을 짊어진 일상의 목마름으로
먹잇감 낚아채는 독수리 마냥
인생의 날갯짓 퍼덕이며 세상에 비상한다

봄날은 가고 서리 내린 긴 세월
익어가는 뜨락에 외롭게 선 중년의 나
인생길 항해하는 항해사의 번뜩이는 눈빛으로
역풍 맞는 돛 내려 세파의 비릿함도 잘 참아 낸다

참꽃 무리

홍대복

사월이 오면
별 고운 산마루에 연분홍빛 참꽃 무리
꽃잎 따서 입 맞추는 두견새의 속삭임에
파란 하늘 베물고 청초하게 피어난다

사월이 오면
샛바람 불어오는 앞산 언덕에
볼연지 색깔인 양 수줍은 듯 떨림으로
초연의 예쁜 사연 온 산 가득 물들인다

사월이 다 가기 전
아침 이슬 머금은 듯 새초롬한 고운 꽃잎
그리움의 물결 되어 함초롬히 피었다가
봄비 속에 스러지며 툭 툭 꽃무덤에 눕는다

어머니

홍대복

어머니
어느덧 계절은 또 바뀌고
여기저기 꽃들이 만발한 사월의 끝자락이네요
어머니께서 요양 병원에 머물러 계신지도
벌써 일 년이란 세월이 훌쩍 지나갔습니다

어머니
늘상 그러하지만
오늘도 변함없이 어머니 찾아뵈오니
마음 한구석 후벼 파이는 듯한
아리고 찡한 마음은 어쩔 수 없네요

어머니
계절이 바뀌었는지
날짜가 언제쯤인지조차 까마득히 잊으시고
쇠약하신 모습으로
하신 말씀 또 하시고 또 하시는 가여우신 어머니

어머니
엊그제는 먼저 가신 아버님 기일이었습니다
어머니와 함께 제사 모시지 못한 제 마음은
안타까움에 텅 빈 허공 휘젓는 빈 손짓 되어
가련한 어머니의 혼 곁만 어루만져 보았답니다

어머니
하루속히 시골집 텃밭에 푸성귀도 가꾸시고
오랍드리 휘저으며 마실도 하셔야죠
누워 계신 그 자리 훨훨 털고 일어나서
비워 둔 어머니의 빈집에
당신의 온기 따뜻하게 불어 넣으셔야죠

어머니
유난히도 쓸쓸함이 스쳐 가던 금년 겨울에는
을씨년스럽기만 한 어머니 빈집에
보일러 기름을 세 드럼씩이나 태워 버렸네요

어머니
내일이면
계절의 여왕이라 불리는 오월의 첫날입니다
언제나 오월이 오면 시골집 뒷동산에
하얀 아카시아 꽃향기 가득 피어나는 고향 집
그곳에 바람이라도 쏘이러 가야지요

어머니
점점 더 야위어져만 가는 당신을 뒤로한 채
병실을 나서야만 하는 이 자식의 마음은
북풍한설 몰아치는 길 위에서 홀로 선 듯한 느낌이랍니다
사랑하는 울 어머니 어서 빨리 쾌차하세요

어머니의 빈집

홍대복

덩그러니 내버려진 어머니의 빈집
따뜻한 온기 사라지고
얼음장 같은 냉기 벽을 타고 기어오른다

거미줄에 매달린 역겨운 곰팡이와
방바닥에 나뒹구는 주인 잃은 집기들
어둠을 움켜쥐고 울컥 그리움을 토해 낸다

겨우내 걸어 둔 처마 밑의 씨앗들
울 어머니 기다리듯 꼼지락거리고
사무치는 모정 널브러져 내 주위 감싸든다

홍진숙 시인

서울 성북구 거주
대한문학세계 시 부문 등단
대한창작문예대학 졸업
문예창작지도자 자격 취득
(사)창작문학예술인협의회 정회원
대한문인협회 서울인천지회 정회원
소담문학회 정회원

불면의 밤

홍진숙

검은 벨벳 어둠이
시커멓게 나를 지켜보고 있을 때
그 검은 사각의 벽
정면에 서 있기 보다는
뒤로 숨고 싶었지

낮에 읽다만 어느 한 페이지
글들이 글들을 껴안고
빙글빙글 돌고 있는 사이
더욱 명료해진 내 의식에 베어져
피 흘리며 나뒹굴던 이슬 맺힌 언어들

검은 어둠의 사막을 건너와
잠들지 못하고 유영하는 작은 돛단배
심해에 갇힌 눈뜬 물고기처럼
지느러미조차 움직일 수도 없는
표류의 흐름으로 출렁일 때

밤과 교미를 끝낸 시퍼런 달빛
뽀얀 살결 드러낸 채 지쳐 있고
진지하게 흘러가는 시간을 밟으며
불면으로 지새운 내 눈동자에
새벽은 성큼 다가온다

동행

홍진숙

갈증으로 가슴에 흘렀을
은밀한 꿈 앓이
인연의 강물 되어 만났지

서로 꿈꾸었을
언어의 집을 완성하는 동안
낯선 언어는 내 것이 될 수 없었기에
손에 잡힐 듯 사라지고
어설픈 언어들만 집 주변을 서성거렸다

틈새가 벌어지는 언어의 집
끼워 넣고
길들이고
못질을 해봐도
여지없이 무너지는 꿈들은
야무진 가슴에 절망이라는 상처를 남겼다

작은 보폭이지만
완성을 위해 걸어가야 하는 길
어둠에 묻혀 사라지지 않도록
미로에 갇히지 않도록
서로 어깨 기대어 앞으로 걸어가는 길
무수한 못질의 아픔을 잘 견뎌온
서로의 가슴에 꽃등 다는 그날을 위해.

살아낸다는 것은

홍진숙

시장 어귀 모퉁이
봄나물 몇 무더기 졸고 있는 좌판 앞
오래 들러붙어 함께 해온 가난
쌉쌀하고 알싸하게 살아온 날들을 껴안고
손님을 기다리고 있다

가끔 지나치던 아낙들
슬쩍 건드려보고 멀어지는 발걸음 소리에
주인을 기다리고 있던 봄나물들
허탕 친 풀 죽은 낯빛 초록의 생기를 잃고
지친 듯 축 늘어진다

한껏 날카로워진 햇볕도
부산한 목마름만 토해내고
더는 시들지 않으려는 듯
부지런 떨어도 잘 살아내기 더뎠을 갈라진 손마디
투박한 손이 알싸한 소갈증 같은 한숨을 뿌려댄다

살아낸다는 것은 어쩌면
수없이 시들다 다시 깨어나
안간힘으로 목마름 참으며
보이지 않는 그림자처럼 밀려나 있는 삶을 껴안는 것

희망 같은 전대 속에는
하루의 노고가 만 원짜리 두어 장뿐
어쩔 수 없는 아득함 일지라도
침 묻혀가며 돈 세어볼 날 그런 날 있을 거란
가난의 어깨 위에 내려앉아 위로하듯 저무는 하루

회상

홍진숙

나 어렸을 적 봄
어머니 꽃다운 나이였을 때
내 아버진 하늘로 길을 내시고
그리 떠나셨다

그때는 몰랐었다
무수한 생명 깨어남으로 분주히 눈부실 때
조용한 시듦으로 스러져 가는 것이
얼마나 지독한 잔인함인지
여린 살결 같았던 엄마의 젊음이
잔인함에 수없이 상처로 박혀
그대로 멈춰 주저앉아 버렸다는 것을
남겨진 자들의 슬픔처럼
무심한 계절이 쑥쑥 자라날 때
어머니와 아버지 서로 건널 수 없는
가슴 껴안은 채 그리움 잉걸불 속으로 속으로
태우고 계셨다는 것을

내가 그 나이 지나고 보니 이제는 알겠다
갑자기 어두워진 세상의 하늘이
얼마나 무거웠을지를
혼자 껴안고 견디기 아득했을지를

촛불

홍진숙

내 마음의 의지처 깊은 곳에
붉은 연시 같은 등 하나 걸고
오늘도 촛불을 켭니다

살아 내야 할 시간
늘 기쁨의 생애에 머물길 갈구하면서
간혹 예고 없는
축축한 절망에 갇히게 되거나
삶이 버거워져 뒤척이는 순간에 있을 때

또 어떤 날은
정의로움을 위하여
항의와 울분이 촛불의 물결로 모여
불가능도 가능으로 이루어내는
장소에 서 있게 되었을 때

제 몸 태워 녹이고 녹여
상실의 빈 가슴들
위로와 희망으로 채워줄
작지만 큰 뜨거움의 촛불 하나 켭니다

진달래

홍진숙

그냥 피어나기도 쉽지 않았음이지
햇살에 무수히 찔리고 베이다
쏟아낸 꽃잎들 아픔의 함성이란 걸

수액에 젖은 바람 물결로 흔들면
온몸 마다 마디 경련의 고통
밤새 신열로 앓다가

꼭 만나야 될 인연처럼
새벽같이 달려와
불붙기 시작한 아득함으로

한동안 들불처럼 번지며
핏빛 발자국으로 돌아다니다
지천에 혼절할 분홍의 영혼들

새들의 질서

홍진숙

후두두 모이에 내려앉은 새들
그들만의 신호로
먼저 먹고 날아간 한 무리와
나중에 먹고 날아간 무리
짧은 소란함 속
배려와 질서의 모이를 나누어 먹은
포만해진 배
결코 서두르기 위한 이기적 날갯짓과
어지러운 발자국의 흔적을 남기지 않았다
그들은 안다
다투지 않아도 공평한 포만을 얻는 방법을
잘 견디며 잘 살아가는
흔적을 남기고 날아간 새들

약속

홍진숙

컴컴한 외길의 통로 끝
한 줄기 빛이 들어오는 둥근 창에 기대어
엄마를 기다리는 아이가 있다

유리로 투영된 길들을 따라
환하게 웃으며 올 것 같은 엄마를 기다릴 때
창밖으로 보이는 모든 피사체는
물결 같은 그리움의 일렁임

서두르지 않아도
세월은 그리 쉽게 가는 것인데
너무 바삐 살아 내려 했던 흐린 날
한 번도 안아주지 못한 아이와 나 사이 깊은 강

프리즘 빛이 모여있던 먼 길 돌아와
저 혼자 커버린 기다림을 깨우고
아픈 통증으로 자라지 못한 채 멈춘
아이를 만난다

닫혀있던 조리개의 창을 열고
힘껏 셔터를 누른다
늘 흐림에서 벗어난
눈부신 환함이 터진다
아이는 엄마 품에 웃으며 앵글에 갇힌다

유랑

홍진숙

쉼표도 없고
멈춤도 허락되지 않은
끝없는 길을
흔적도 남기지 않고 떠도는 유랑

한곳에 머물지 못하고
고단하게 시간을 나르는 뒷모습
소복이 쌓여있는 쇳소리 여운

벗어날 수 없는
저 너머 알 수 없는 공간을 건너
수없이 꽂힌 시침의 상처는
생성의 맥박이 밟고 지나간 자리

나가는 길도
들어오는 길도 없는
영원히 닿을 수 없는 통로
경계도 없이 떠돌다
세상이 끝나야 비로소 홀로 울리는
위로의 소리로 눈을 감는 것

자화상

홍진숙

하늘인지 구름인지 어둠인지
경계가 없던 감청색 저 먼 곳
외로이 떠 있던 뭇 별이었는지 몰라
아득한 시간으로부터 달려와
나의 영혼으로 만나기까지

세상이라는 문을 열고 시작된 삶의 여행
낯선 이의 그림자를 밟듯
내가 나를 알 수 없었던 존재의 혼돈 속에
한없이 작아지던 날들도 있었지만
묵묵히 걸어온 바람 같은 세월

모든 중심에 서 있어지고 싶어 들끓던
큰 소용돌이의 욕망 잠재우고
이제는 넓은 대지 따듯한 바람이 되어
시어의 향기로 날고 싶다
어둠 속 반짝이는 뭇 별 같은 사람이 되고 싶다

황은경 시인

전북 익산 출신
대전 서구 거주
대한문학세계 시 부문 등단
대한창작문예대학 졸업
문예창작지도자 자격 취득
(사)창작문학예술인협의회 정회원
현) 대한문인협회 대전 충청지회 홍보국장
논산문인협회 정회원
대한문인협회 금주의 시 선정
대한문인협회 이달의시인 선정
2014년 대한문인협회 주관 올해의 시인상 수상
2014년 작가와 문학 주최 백인백컵 전시회 참여
2015년 명인명시 특선시인선 선정
2015년1월27일 첫 시집 "겨울에는 꽃이 피지 못한다" 출판
작가와문학 주최 문인화가 이미자 캘리그라피와 함께하는 제1회 개인초대전 참여
김승진 희망항해 축시 선정 특별 낭송
공저 저서 다수

진달래

황은경

너는 삼월이 오기도 전에
아픔이 되어 차오르는 인내
너는 삼월이 와도 속 빛깔 그윽한
꽃잎을 피워 내니 장하여라
어머니의 속곳 같다

해를 닮은 그 속곳 안에서
피워 낸 꽃잎들 어여쁘다
진하디 진한 어미의 젖 몽우리 같다
춘풍에 갈길 앞세워 꿈을 꾸는
앞집 처녀 양쪽 볼이
꽃분홍색 첫사랑 너를 닮았구나

산비탈도 흥에 겨워 너를 안고
물결처럼 네 꽃잎에 점을 찍는다

영혼을 찍는 카메라

황은경

빛이다
하나의 길을 따라 점을 찾는다
형상(形相)이 잡힌다
어두운 그 공간 속에
마법을 부려 보며 꺾어지는 굴곡 안에 반사되어
유리 밖으로 나오려 한다

고정해 가둬본다
꿈일 수도 있고 마법사일 수도 있는
환상의 물건이다
어두운 아픔을 먼저 바라보고
밝은 빛을 따라 순간을 저장한다
그리고 천국 같은 달콤한 그 순간
카메라는 영원히 빛바래며 이야기를 한다

만남도
이별도
그 작은 촛점 속에서 숨을 쉬다가
시간은 밝은 빛 한순간 찰칵 남겨지고
영상 속 파노라마에 꿈을 담는
너는 영혼을 찍는 마법사

새우젓 사려~

황은경

나 어릴 적 사연하나
양철 양동이에는 젓국 냄새가 진동하고
동네 어귀부터 새우젓 사려~
목청껏 외치면 양푼을 들고 나와
집집이 귀하게 한 그릇씩 사 갔다
그렇게 강경댁은 일주일에 한 번은 들러
동네에 젓국 냄새 뿌리며
짠내나는 고달픈 신세타령을 했다

비리고 짠 내 나는 시간
가난한 강경댁은 시집온 후
머리에서 새우젓 통을 놓지 못했다
찢어지게 가난한 변두리 어촌
먹을 것도 입을 것도 없어
처음에는 어린 갓난 아들을 업고 다녔고
젓갈을 받은 날은 쉼 없이 몇백 리 길을 걸어
새우젓 사려~ 외치며
이 동네 저 동네로 발품을 팔았다

고되어 소태 같은 입맛
숟가락 들기도 힘들어 했다
안타까운 가난의 길
곳간 열어 쌀 석 되 주고 한 그릇 받아 온다
항상 힘내라 말하고 싶어
내 발길은 강경댁과 함께
동네 한 바퀴 같이 돌며 소리쳤다
새우젓 사려 ~

부탁해, 친구야

황은경

넌 아니?
예약번호 앞에서 떨게 하고
생과 사의 귀로에서
거미줄 치며 조여 오는 아픔으로
진득한 파리지옥 같은 공생
두렵지만, 너와의 길을 뿌리쳐야 했다

너의 강인함을 생각하면
뜨거운 방사선에
죽이고 싶었다.
생명의 뿌리를 태우고 싶었다.
미치도록 미워하고 싶었다.
하지만
이제는 미워하지 않으련다.

죽을 때까지 나랑
동병상련으로 함께 하자
부탁할게, 친구야
화내지 말고 조용히
있는 듯 없는 듯 머물러
바람처럼 손잡고 같이 가보자.

탈

황은경

오늘도 탈 하나 울고 웃는다
욕심 없이 누리는 세상이 참 세상 같은 날
탈을 쓴 얼굴 하나 길을 걷는다

도심지에 인파는 저마다의 표정으로 산다
흔치 않는 쉼표 속에서 이들을 인생이라 한다
아침에 일어나 한 겹의 탈을 쓰고
저녁이면 한 겹의 탈을 벗는 반복의 삶이다

세상살이 가식으로 벗어 던진 편린
살다가 두고 갈 비늘의 껍질도 더러 있다
세상 탈을 쓴 나도 한 몫 끼여서
이 도시에서 사람처럼 같이 길을 걷고 있다

빈부의 틈 사이를 가리고 싶은 탈 하나 울고 웃는다.

촛불

황은경

붉은 심장 소리 허공에 스러지고
힘겹던 그녀의 여백은 손을 놓는다
마지막이라고 하는 인정할 수 없는 현실
백치 같은 미소에 먹먹한 가슴
주체할 수 없는 저승꽃이다

치매가 깊어 골진 시간들
자식보다 더 맛있는 기억인 듯
어두운 창가를 두드렸을 당신
하얀 피부는 차가워져만 가고
실낱같은 마지막 소원
피맺힌 눈물을 담았다

마지막 인사처럼 한줄기 눈물
탯줄을 묻고 촛농처럼 녹아도
침전된 기억 속에 서럽게 우는
촛불이 되어 퇴색 되어 갔다
당신은 기어이 별을 안고 스러지셨다
그리운
어
머
니!

회상(回想)

-또 해후를 꿈꿨다

황은경

울고 울어도
그리움은 돌아오지 않는다.
철없이 지나버린 여린 날의 사랑
누군가에게 하소연 한들
허공에 던져진 허상 아니던가.
해를 거듭한다 한들
소쩍새 우는 밤은
다시 돌아올 수 없는 밤이 아니던가

이제와 섧다한들
만날 수 있는 인연이던가
그립다한들
사랑할 수 있는 인연이던가
꽃잎이 지고 다시 피어난들
가슴에 담긴 그 꽃잎이겠는가
바람에게 띄워 보낸 그리움은
수천 번의 밤이 지나도 답이 없는 것을

비록
해후를 하지 못하는 시간도
나를 던져 주지 못했던 시간도
주체할 수 없는 보고픔으로 피어나
과거에 잠긴 나는
밤새 그리움의 눈물이다.

그리움

황은경

자맥질 치는 가슴
그 섬으로 노를 젓는다

섬은
하늘의 노래로 가득
은빛 달 속 꽃이다

그리움의 파고는
가슴 가득 바람으로 왔다

갈 수 없는 그곳 이야기
그 섬에 눈물로 묻었다.

바람이 바위에게

황은경

우주의 오방색 아픔을 펼쳐놓고
기다림의 여인도
뭇별들이 쳐다보는 밤
네 옆구리 물살에 부대껴
많이 힘들고, 아프다고,
바위가 말한다

눈물 참고 기다리기로 했다
그리움의 여인이
따뜻한 햇살 비춰 웃을 때까지
인생 우직하게 밝음이라 믿으며
내일부터 날씨 쾌청이다
바람이 말한다

바위에게 바람이 말한다
힘들고 아프더라도
견뎌내라! 기다려라!
비는 긋고 눈발도 멈춰
따사로운 햇살은 비추는 것
그것이 인생이라고.

틀

황은경

짜인 생각은 형틀보다 맵고
지나간 인연보다 힘들어 보이며
손끝 생인손의 아픔도 몰라주는
만삭의 어머니는 세월을 목에 두르시고
마흔 나이에 막둥이를 낳아
접힌 반평생을 같이 갈 넉넉한 자식 하나 두셨다

시간이 되면 젖을 물리고 끼니때가 되면
포대기 뒷짐 짊어지고 머리에 똬리 깔아
생의 시간을 얹으셨다
아팠을 것이다
힘들었을 것이다
아마도 삶이 징글맞아
다음 생에는 새가 되고 싶다 하셨다

막둥이 춘삼월에 장가가는데
그리 힘들어 하신 어머니는
시계 속 초침 따라 떠나시고
어느 누가 환생한 새에게 손을 흔들까
그 넓었던 화단에 노란 수선화
어머니의 눈물로 피어나
달빛 받으며 꽃잎 닫고 슬프다 한다

memo

우리들의 여백

(사)창작문학예술인협의회 주관

대한창작문예대학 졸업 작품집

초판 1쇄 : 2015년 6월 20일

지 은 이 :

고현자, 김 단, 김유경, 김희영, 박순애

박영애, 사방천, 서수정, 송준혁, 신성애

이민아, 정찬열, 정태중, 조위제, 허남식

허욱도, 홍대복, 홍진숙, 황은경

엮 은 이 : 김락호

디자인 편집 : 이은희

기 획 : 시음사

인 쇄 : 청룡

연 락 처 : 1899-1341

홈페이지 주소 : www.poemmusic.net

E-Mail : poemarts@hanmail.net

정가 : 12,000원

ISBN : 979-11-86373-09-5